J. K. ROWLING

〔英〕J.K.罗琳／著　马爱农　马爱新／译

人民文学出版社

著作权合同登记号　图字　01-2024-1018

Harry Potter and the Chamber of Secrets
First published in Great Britain in 1998 by Bloomsbury Publishing Plc.
Text © 1998 by J.K. Rowling
Interior illustrations by Mary GrandPré © 1999 by Warner Bros.
Wizarding World, Publishing and Theatrical Rights © J.K. Rowling
Wizarding World characters, names and related indicia are TM and © Warner Bros. Entertainment Inc.
Wizarding World TM & © Warner Bros. Entertainment Inc.

图书在版编目（CIP）数据

哈利·波特与密室. I /（英）J.K.罗琳著；马爱农，马爱新译. —北京：人民文学出版社，2019（2025.4重印）
ISBN 978-7-02-015251-3

Ⅰ.①哈…　Ⅱ.①J…②马…③马…　Ⅲ.①儿童小说—长篇小说—英国—现代　Ⅳ.①I561.84

中国版本图书馆CIP数据核字（2019）第086499号

责任编辑	翟　灿
美术编辑	刘　静
封面插图	李　旻
责任印制	苏文强

出版发行　人民文学出版社
社　　址　北京市朝内大街166号
邮政编码　100705

印　　刷　三河市龙林印务有限公司
经　　销　全国新华书店等

字　　数　115千字
开　　本　880毫米×1230毫米　1/32
印　　张　6.25　插页3
印　　数　193001—203000
版　　次　2019年7月北京第1版
印　　次　2025年4月第23次印刷

书　　号　978-7-02-015251-3
定　　价　22.00元

如有印装质量问题，请与本社图书销售中心调换。电话：010-65233595

主要人物表

哈利·波特　　　　　本书主人公，霍格沃茨魔法学校二年级学生
罗恩·韦斯莱　　　　哈利在魔法学校的好朋友
赫敏·格兰杰　　　　哈利在魔法学校的好朋友
纳威·隆巴顿　　　　哈利在魔法学校的同学
德拉科·马尔福　　　哈利在魔法学校的同学
佩妮·德思礼　　　　哈利的姨妈
弗农·德思礼　　　　哈利的姨父
达力·德思礼　　　　哈利的表哥，德思礼夫妇的儿子
鲁伯·海格　　　　　霍格沃茨魔法学校钥匙保管员，猎场看守
阿不思·邓布利多　　霍格沃茨魔法学校校长
米勒娃·麦格　　　　霍格沃茨魔法学校副校长
西弗勒斯·斯内普　　霍格沃茨魔法学校魔药课教师
吉德罗·洛哈特　　　霍格沃茨魔法学校黑魔法防御术课教师
汤姆·里德尔　　　　五十年前霍格沃茨魔法学校的学生

献　给
开车陪我兜风、
在坏天气里跟我做伴的
谢安·哈里斯

目　录

第 1 章	最糟糕的生日	001
第 2 章	多比的警告	012
第 3 章	陋居	025
第 4 章	在丽痕书店	044
第 5 章	打人柳	068
第 6 章	吉德罗·洛哈特	089
第 7 章	泥巴种和细语	108
第 8 章	忌辰晚会	127
第 9 章	墙上的字	148
第 10 章	失控的游走球	172

第 1 章

最糟糕的生日

这一天,女贞路4号的早餐桌上又起了争执。一大早,弗农·德思礼先生就被他外甥哈利屋里的一阵高声怪叫吵醒了。

"这星期是第三次了!"他隔着桌子咆哮道,"如果你管不住那只猫头鹰,就让它滚蛋!"

哈利再次试图解释。

"它闷得慌,在外面飞惯了,要是我可以在晚上放它出去……"

"你当我是傻子啊?"弗农姨父吼道,一丝煎鸡蛋在他浓密的胡子上晃荡着,"我知道把一只猫头鹰放出去会有什么后果。"

他和妻子佩妮阴沉地交换了一下眼色。

哈利想反驳,但他的话被表哥达力一声又长又响的饱嗝淹没了。

"我还要一些熏咸肉。"

"煎锅里有的是,宝贝。"佩妮姨妈眼眶湿润地看着她的大块头儿子说道,"我们要抓紧时间把你养胖……学校的伙食让我听着不舒服……"

"胡说,我在斯梅廷上学时从来没饿过肚子。"弗农姨父情绪激动地说,"达力吃得不差,是不是,儿子?"

达力胖得屁股上的肉都从座椅的两边挂了下来。他咧嘴一笑,转身面对着哈利。

"把煎锅递过来。"

"你忘了说咒语。"哈利恼火地说。

这样简单的一句话,对家中其他人产生了不可思议的影响。达力倒吸一口冷气,从椅子上栽了下来,整个厨房都被震动了;德思礼太太尖叫一声,迅速捂住嘴巴;德思礼先生跳起来,太阳穴上青筋暴露。

"我的意思是'请'!"哈利连忙说,"我不是指——"

"**我没跟你说吗,**"姨父厉声怒斥,唾沫星子溅到了桌上,"**在我们家不许说那方面的词。**"

"可我——"

"**你怎么敢威胁达力!**"弗农姨父捶着桌子咆哮。

"我只是——"

"**我警告过你!我不能容忍你在我家里提到你的特异功能!**"

第1章　最糟糕的生日

哈利来回扫视着脸涨得通红的姨父和面无血色的姨妈，后者正试图把达力从地上拉起来。

"好吧，"哈利说，"好吧……"

弗农姨父坐了下来，像一头气短的犀牛一样喘着粗气，那双精明的小眼睛紧瞟着哈利。

自从哈利放暑假回家，弗农姨父一直把他当一颗定时炸弹看待，因为哈利不是一个正常的孩子。实际上，他可是相当不正常。

哈利·波特是一个巫师——刚在霍格沃茨魔法学校上完一年级。如果德思礼家对他回来过暑假感到不快，那么他们的不快和哈利的感觉相比根本不值一提。

哈利真想念霍格沃茨，想得五脏六腑都发痛。他想念那个城堡，想念那些秘密通道和幽灵，想念他的课程（也许除了魔药老师斯内普的课），还有猫头鹰捎来的信件、礼堂里的宴会，想念他宿舍楼里的四柱床，想念禁林边上那间小木屋和猎场看守海格，更想念魁地奇球——魔法世界里最流行的体育运动（六根高高的门柱、四个会飞的球、十四名骑着扫帚的球员）。

哈利刚一到家，弗农姨父就把他的咒语书、魔杖、长袍、坩埚和最先进的飞天扫帚光轮2000锁进了楼梯下那又小又暗的储物间里。至于哈利会不会因为一个暑假没练习而被学院魁地奇球队开除，德思礼一家才不管呢。哈利的家庭作业一点都没做，回学校时无法交差，跟他们又有什么关系？德思礼一家是巫师们所说的"麻瓜"（血管里没有一滴巫师的血液）。在他们看来，家里有一个巫师是莫大的耻辱。弗农姨父甚至把哈利的猫头鹰海德薇也锁在了笼子里，不让它给魔法世界的任何人送信。

哈利跟这家人长得一点儿也不像。弗农姨父膀大腰圆，没有脖子，蓄着异常浓密的胡子；佩妮姨妈长了一张马脸，骨节粗大；达力头发金黄，皮肤白里透红，体形肥胖。而哈利却身材瘦小，长着一双明亮的绿眼睛，漆黑的头发总是乱蓬蓬的，额头上还有一道细长的闪电形伤疤。

就是这道伤疤使哈利即使在巫师中也是如此与众不同。这道伤疤是哈利神秘过去留下的唯一痕迹，是推测他十一年前为什么会被放在德思礼家门槛上的唯一线索。

哈利一岁时，居然在中了伏地魔的咒语之后幸存下来。伏地魔是有史以来最强大的黑巫师，大多数巫师都不敢提到他的名字。哈利的父母就死在这个黑巫师手下，可是哈利大难不死，只留下了这道闪电形伤疤。而且，不知怎的，好像自从那个恶毒的咒语在哈利身上失灵之后，伏地魔的法力就被摧毁了。

所以，哈利是由他的姨妈和姨父养大的。他在德思礼家住了十年，一直搞不懂他为什么能在无意中导致一些古怪的事情发生，因为德思礼一家只说他的父母死于车祸，他的伤疤也是那次车祸留下的。

一年前，霍格沃茨魔法学校写信给哈利，他才了解到自己的

第 1 章　最糟糕的生日

身世。他上了魔法学校，在那里他和他的伤疤赫赫有名……可现在学年结束了，他回到德思礼家过暑假，他们却把他当成一条在邋遢地方打过滚的狗来对待。

德思礼一家忘记了这一天恰好是哈利的十二岁生日。当然，哈利也没有寄予多么大的希望，他们从来不会送他什么像样的礼物，更别提生日蛋糕了——但是，完全忘掉未免……

正在这时，弗农姨父煞有介事地清了清嗓子，说道："我们都知道，今天是个非常重要的日子。"

哈利抬起头，简直不敢相信自己的耳朵。

"今天我可能会谈成平生最大的一笔交易。"弗农姨父说。

哈利低下头继续吃面包片。当然啦，他怨愤地想，弗农姨父是在讲那个愚蠢的晚宴。他两星期来张口闭口说的都是这件事。一个有钱的建筑商和他的妻子要来吃晚饭，弗农姨父希望那人能订他一大笔货（弗农姨父的公司是做钻机的）。

"我想我们应该把晚上的安排再过一遍，"弗农姨父说，"八点钟大家应该各就各位。佩妮，你应该——？"

"在客厅里，"佩妮姨妈应声说，"准备亲切地欢迎他们光临。"

"很好，很好。达力？"

"我等着给他们开门。"达力堆起一副令人恶心的做作笑容，"我替你们拿着衣服好吗，梅森先生和夫人？"

"他们会喜欢他的！"佩妮姨妈欣喜若狂地说。

"好极了,达力。"弗农姨父说。然后他突然转向哈利:"那么你呢?"

"我待在我的卧室里,不发出一点儿声音,假装我不在家。"哈利声调平板地回答。

"不错。"弗农姨父恶狠狠地说,"我将把他们带到客厅,引见你——佩妮,并给他们倒饮料。八点一刻——"

"我宣布开饭。"佩妮姨妈说。

"达力,你要说——"

"我领您上餐厅去好吗,梅森夫人?"达力一边说,一边把他的胖胳膊伸给那位看不见的女士。

"多标准的小绅士!"佩妮姨妈吸着鼻子说。

"你呢?"弗农姨父凶巴巴地问哈利。

"我待在我的卧室里,不发出一点声音,假装我不在家。"哈利无精打采地说。

"对了。现在,我们应该在餐桌上说一些赞美的话。佩妮,你有什么建议吗?"

"梅森先生,弗农跟我说您高尔夫球打得棒极了……梅森夫人,请告诉我您的衣服是在哪儿买的……"

"非常好……达力?"

"这样行不行:'梅森先生,老师要我们写一写自己最崇拜的人,我就写了您。'"

第 1 章　最糟糕的生日

这可让佩妮姨妈和哈利都受不了。佩妮高兴得眼泪直流，紧紧搂住了儿子。哈利则把头藏到了桌子底下，怕他们看到他大笑的样子。

"你呢，哈利？"

哈利直起身，努力绷住脸。

"我待在我的卧室里，不发出一点声音，假装我不在家。"

"这就对了。"弗农姨父用力地说，"梅森夫妇根本不知道你，就让这种状况保持下去。佩妮，晚饭之后你领梅森夫人回客厅喝咖啡，我把话题引到钻机上。要是走运的话，在十点钟新闻之前我就可以把签字盖章的订单拿到手。明天这个时候我们就能选购马约卡岛的别墅了。"

哈利并不怎么兴奋。他不认为德思礼一家到了马约卡岛就会比在女贞路多喜欢他一点儿。

"好——我去城里取达力和我的礼服。你呢，"他对哈利吼道，"不要在你姨妈打扫的时候去碍手碍脚的。"

哈利从后门出来。外面天气晴朗，阳光灿烂。他穿过草坪，一屁股坐在花园长凳上，压着嗓子唱了起来："祝我生日快乐……祝我生日快乐……"

没有贺卡，没有礼物，今晚他还要假装自己不存在。他悲伤地注视着树篱。他从没有感到这样孤独。他分外想念他最好的朋友罗恩·韦斯莱和赫敏·格兰杰，胜过想念霍格沃茨其他的一切，甚至包括魁地奇球。可他们好像一点儿也不想他。整个暑假谁都没有给他写信，罗恩还曾说要请哈利去他家做客呢。

一次又一次，哈利差点儿要用魔法打开海德薇的笼子，让它捎封信给罗恩和赫敏。但这太冒险了。未成年的巫师是不能在校外使用魔法的。哈利没有把这个规定告诉德思礼一家，他知道，这家人只是害怕他把他们全变成金龟子，才没有把他本人和魔杖、飞天扫帚一起关进楼梯下的储物间里。回家后的头两个星期，哈利喜欢假装嘴里念念有词，然后看达力拼命搬动他那两条胖腿，尽快往屋外跑。可是罗恩和赫敏迟迟不给他来信，使哈利觉得自己和魔法世界断了联系，连捉弄达力也失去了乐趣——现在罗恩和赫敏连他的生日都忘了。

只要能换得霍格沃茨的一点儿音信，不管来自哪个巫师的，他什么都会豁出去。他甚至乐意看一眼他的仇敌德拉科·马尔福，只要能证明这一切不是一场梦……

他在霍格沃茨的这一年并不都是好玩有趣的。上学期末，哈利与伏地魔正面相遇。伏地魔虽然大不如从前，但依然狠毒可怕，阴险狡猾，并决心要恢复自己的法力。哈利又一次逃脱了伏地魔的魔爪，但是很险。即使现在，已经过去好几个星期了，哈利还会在半夜惊醒，浑身冷汗，想着伏地魔这时会在哪里，记起他那青灰色的脸、圆睁的疯狂的眼睛……

哈利突然坐直了身子。他一直心不在焉地注视着树篱——可

第 1 章　最糟糕的生日

现在树篱正注视着他。树叶丛中闪动着两只大得出奇的绿眼睛。

哈利跳了起来，这时草坪对面飘过来一声嘲笑。

"我知道今天是什么日子。"达力摇摇摆摆地走过来。

那对大眼睛忽闪几下，消失了。

"什么？"哈利说，眼睛还盯着那个地方。

"我知道今天是什么日子。"达力又说了一遍，走到他旁边。

"很好，"哈利说，"你终于学会了数星期几。"

"今天是你的生日！"达力讥讽地说，"你居然没有收到贺卡？你在那个鬼地方连个朋友都没有吗？"

"最好别让你妈妈听到你说我的学校。"哈利冷冷地说。

达力提了提裤子，那裤子顺着他的胖屁股正在往下滑。

"你盯着树篱干什么？"他怀疑地问。

"我在想用什么咒语使它燃烧起来。"哈利说。

达力跟跟跄跄倒退了几步，胖脸上显出惊恐的表情。

"你不——不能——我爸说过不许你施魔法——他说要把你赶出去——你没有地方去——没有朋友收留你——"

"吉格利玻克利！"哈利厉声说道，"霍克斯波克斯……奇格利鬼格利……"

"妈—妈！"达力号叫起来，跌跌撞撞地朝屋里奔去，"妈—妈！他又在干那个了！"

哈利为这片刻的开心付出了很大的代价。由于达力和树篱都安然无恙，佩妮姨妈知道哈利并没有真的施魔法，但她仍然用沾着肥皂水的煎锅朝哈利劈头打来，幸亏哈利躲得快。然后她支使哈利去干活，不干完不许吃东西。

达力吃着冰淇淋，在一旁晃来晃去地看着哈利擦窗户，洗汽车，修整草坪，整理花圃，给玫瑰剪枝浇水，重新油漆花园的长凳。烈日当头，晒得哈利后脖颈发烫。哈利知道他不应该上达力的钩，可是达力说中了哈利的心事……也许他在霍格沃茨根本没有朋友……

"但愿他们能看到大名鼎鼎的哈利·波特现在的样子。"往花坛里撒粪肥的时候，哈利发狠地想道。他腰酸背疼，汗水顺着脸颊往下流。

一直到晚上七点半，才终于听到佩妮姨妈喊他，他已经精疲力竭。

"进来！踩着报纸走！"

哈利高兴地走进阴凉的、擦得闪闪发亮的厨房。冰箱顶上放着今天晚餐的布丁：好大一堆掼奶油，还放了撒糖霜的堇菜。一大块烤肉在烤箱里嘶嘶作响。

"快吃！梅森他们快要来了！"佩妮姨妈严厉地说，指着厨房桌子上的两块面包和一块奶酪。她已经穿上了一件浅橙色的鸡尾酒会礼服。

哈利洗了手，匆匆吞下了他那点可怜的晚饭。他刚一吃完，

第1章 最糟糕的生日

佩妮姨妈就把盘子收走了。"上楼！快！"

经过客厅门口时，哈利瞥了一眼穿着礼服、打着领结的弗农姨父和达力。他刚走到楼上，门铃就响了，弗农姨父凶巴巴的脸出现在楼梯下。

"记着，小子——你要敢发出一点儿声音……"

哈利踮着脚走到自己卧室门口，悄悄溜进去，关上门，转身想要一头扑倒在床上。

问题是，他的床上已经坐了一个人。

第 2 章

多比的警告

哈利差一点儿叫出声来。床上的那个小怪物长着两只蝙蝠似的大耳朵,一对突出的绿眼睛有网球那么大。哈利马上想到,这就是早上在花园树篱外看他的那双眼睛。

他们对视着。哈利听到达力的声音从门厅传来。

"我替你们拿着衣服好吗,梅森先生和夫人?"

那怪物从床上滑下来,深深鞠了一躬,细长的鼻子都碰到了地毯上。哈利注意到他身上穿的像一个旧枕套,在胳膊和腿的地方开了几个洞。

"哦——你好。"哈利不自然地说。

"哈利·波特!"那怪物尖声叫道,哈利想楼下肯定能听到,"多比一直想见您,先生……不胜荣幸……"

"谢——谢谢。"哈利贴着墙壁挪动,坐到他桌前的椅子上,

第 2 章 多比的警告

挨着在大笼子里睡觉的海德薇。他想问:"你是什么",但觉得这听起来太不礼貌,就改口问:"你是谁?"

"多比,先生。我叫多比,家养小精灵多比。"那怪物说。

"哦——是吗?"哈利说,"哦——我不想失礼,可是——此刻在我的卧室里接待一位家养小精灵有些不太适合。"

客厅里传来了佩妮姨妈虚伪的高声大笑。小精灵垂下了头。

"我不是不高兴见你,"哈利赶忙说,"可是,哦,你来这儿有什么特别的原因吗?"

"哦,有的,先生,"多比热切地说,"多比来告诉您,先生……不好说,先生……多比不知道从哪里说起……"

"坐下吧。"哈利指了指床,礼貌地说。

没想到小精灵突然痛哭流涕,把哈利吓了一跳,他哭的声音很大。

"坐—坐下!"多比呜咽道,"从来……从来没有……"

哈利仿佛听到楼下的说话声变得有些结巴。

"对不起,"他小声说,"我没想冒犯你。"

"冒犯多比!"小精灵哽咽地说,"从来没有一位巫师让多比坐下——像对待平等的人那样——"

哈利竭力在说"嘘"的同时做出抚慰的表情,领多比回到床上坐下。多比坐在那儿打嗝,看上去像个丑陋的大娃娃。最后他终于控制住自己,用他那双泪汪汪的大眼睛充满敬意地凝视着哈利。

"你大概没遇到多少正派的巫师吧。"哈利想让他高兴一些。

多比摇了摇头,然后冷不防跳了起来,用脑袋疯狂地撞着窗户,嘴里喊着:"坏多比!坏多比!"

"别这样——你这是干什么?"哈利着急地小声说,跳起来把多比拉回床上。海德薇被吵醒了,发出一声格外响亮的尖叫,在笼子里疯狂地乱撞。

"多比要惩罚自己,先生。"小精灵说,他的眼睛已经有点儿对在一起了,"多比几乎说了主人家的坏话,先生……"

"主人家?"

"多比服侍的那个巫师家,先生……多比是家养小精灵——必须永远服侍一户人家……"

"他们知道你在这儿吗?"哈利好奇地问。

多比哆嗦了一下。

"哦,不,先生,他们不知道……多比因为来见您,要对自己进行最严厉的惩罚。多比要把自己的耳朵夹在烤箱门里。万一给他们知道,先生——"

"可如果你把耳朵夹在烤箱门里,他们不会发现吗?"

"多比猜想不会,先生。多比总是为一些事惩罚自己,先生。他们让多比这样做,先生。有时候他们提醒我更厉害地惩罚自己……"

第2章 多比的警告

"那你为什么不离开呢?不逃走呢?"

"家养小精灵必须由主人放走。可主人永远不会放走多比……多比将在主人家做到死,先生……"

哈利目瞪口呆。

"要我在这儿再待四个星期,我都觉得受不了。"他说,"这样比起来,德思礼一家还算是有些人情味的。没有人能帮你吗?我能帮你吗?"

哈利几乎立刻就后悔说了这句话。多比再次感动得呜呜大哭。

"拜托你,"哈利紧张地说,"小点儿声。要是给德思礼一家听到,要是他们知道你在这儿……"

"哈利·波特问能不能帮助多比……多比早就听说了您的伟大,先生,可您的仁慈,多比以前还不了解……"

哈利感到脸上发烧,忙说:"你听到的那些都是胡说,我在霍格沃茨连年级第一名都排不上,第一名是赫敏,她——"

但他很快住了口,一想起赫敏他就感到痛苦。

"哈利·波特这样谦虚,"多比崇敬地说,两只大圆眼睛闪着光,"哈利·波特不说他战胜那个连名字都不能提的人的事。"

"伏地魔?"哈利说。

多比用手捂住耳朵,呻吟道:"啊,别说那个名字,先生!别说那个名字!"

"对不起,"哈利马上说,"我知道许多人都不喜欢这样——

我的朋友罗恩……"

他又停住了。想到罗恩也让人痛苦。

多比凑近哈利，他的眼睛大得像车灯。

"多比听说，"他声音嘶哑地说，"哈利·波特几星期前又遇见了那个黑魔王……哈利·波特再次逃脱了。"

哈利点了点头。多比顿时热泪盈眶。

"啊，先生，"他抽抽搭搭，用肮脏破烂的枕套一角抹了抹脸，"哈利·波特英勇无畏！他已经闯过了这么多的险关！可是多比想来保护哈利·波特，来给他报个信，即使多比后真的必须把自己的耳朵夹在烤箱门里……多比想说，哈利·波特不能回霍格沃茨了。"

屋里一片安静，只听见楼下刀叉叮当之声，还有弗农姨父的咕噜声。

"什—什么？"哈利大吃一惊，"可我必须回去——九月一号开学，这是我生活的希望。你不知道我在这里过的是什么日子。我不属于这儿。我属于你们的世界——属于霍格沃茨。"

"不，不，不，"多比尖声说，用力摇着头，把耳朵甩得啪嗒啪嗒直响，"哈利·波特必须待在安全的地方。他这么伟大，这么仁慈，我们不能失去他。如果哈利·波特回到霍格沃茨，他将会有生命危险。"

"为什么？"哈利惊讶地问。

第 2 章　多比的警告

"有一个阴谋,哈利·波特。今年霍格沃茨魔法学校会有最恐怖的事情发生。"多比压低声音说,突然浑身发抖,"多比知道这件事已经有几个月了,先生。哈利·波特不能去冒险。他太重要了,先生!"

"什么恐怖的事情?"哈利马上问,"是谁在策划?"

多比发出一声滑稽的哽咽,然后疯狂地把脑袋往墙上撞。

"好了!"哈利叫起来,抓住小精灵的胳膊,不让他去撞墙,"我知道你不能说。可你为什么要来警告我呢?"突然一个不愉快的念头在他脑海中一闪,"等等——这不会和伏——对不起——和你知道的那个神秘人有关吧?你只要摇头或点头。"他赶忙加上一句,因为多比的脑袋又令人担心地靠向了墙壁。

多比缓缓地摇了摇头。

"不是——不是那个连名字都不能提的人,先生。"

多比的眼睛瞪大了,似乎想给哈利一个暗示,但哈利心里一片茫然。

"他没有兄弟吧?"

多比摇摇头,眼睛瞪得更大。

"那我就想不出还有谁能在霍格沃茨制造恐怖事件了。"哈利说,"我是说,第一,有邓布利多——你知道邓布利多吧?"

多比低下头。

"多比知道,阿不思·邓布利多是霍格沃茨建校以来最伟大的校长。多比听说邓布利多的法力能与那个连名字都不能提的人最强大的时候相匹敌。可是先生,"多比急促地小声说,"有些法力邓布利多也不……没有一个正派的巫师能……"

哈利制止不及,多比跳下床,抓起哈利的台灯往自己的脑袋上乱敲,伴着一声声凄厉的惨叫。

楼下突然一阵沉寂,两秒钟后,心脏怦怦乱跳的哈利听到弗农姨父走到门厅里,喊道:"达力准是又忘记关电视机了,这个小淘气!"

"快!衣柜里!"哈利小声说。他把多比塞进衣柜,关上柜门,刚扑倒在床上,门把手就转动了。

"你——到底——在——搞——什么鬼?"弗农姨父咬牙切齿地说,把脸凑到哈利面前,近得可怕,"我正讲到日本高尔夫球手的笑话中最关键的地方,都被你给搅了……再发出一点儿声音,我就让你后悔生下来,小子!"

他重重地跺着地板走了出去。

哈利哆嗦着把多比从衣柜里拉了出来。

"看到这里的情况了吧?知道我为什么必须回霍格沃茨了吧?我只有在那儿才有——我想我只有在那儿才有朋友。"

"什么朋友,连信都不给哈利·波特写一封?"多比狡黠地说。

"我想他们只是——慢着,"哈利皱起眉头,"你怎么知道我的朋友没给我写信?"

第2章 多比的警告

多比把脚在地上蹭来蹭去。

"哈利·波特不要生多比的气——多比都是为了……"

"你截了我的信？"

"信在多比这儿，先生。"小精灵说。他敏捷地跳到哈利抓不到的地方，从身上穿的枕套里面抽出厚厚的一沓信。哈利认出了赫敏工整的字体、罗恩龙飞凤舞的笔迹，甚至还有一种潦草的手书，好像是霍格沃茨的猎场看守海格写的。

多比焦急地眨巴着眼睛仰视哈利。

"哈利·波特不要生气……多比原本希望……如果哈利·波特以为他的朋友把他忘了……哈利·波特也许就不想回学校了，先生……"

哈利没心思听，伸手去抢信，可多比一跳，闪开了。

"哈利·波特先要向多比保证不回霍格沃茨。哎呀，先生，您千万不能去冒这个险！说您不会回去，先生！"

"不，"哈利生气地说，"把我朋友的信给我！"

"那么多比就没有别的选择了。"小精灵悲哀地说。

哈利还没反应过来，多比已经冲到门边，拉开门，飞快地奔下楼。

哈利嘴里发干，五脏六腑都搅在了一起。他急忙跳起来追赶，尽量不弄出声响。他一下蹦过最后六级台阶，猫一样地落在门厅地毯上，东张西望地寻找多比。他听到餐厅里弗农姨父正在说:"……梅森夫人,给佩妮讲讲那些美国管子工的笑话吧,她一直想听……"

哈利穿过门厅跑进厨房,觉得心里一阵发空。

佩妮姨妈的杰作布丁上面堆着高高的奶油和撒了糖霜的堇菜,正在天花板下边飘浮。多比蹲在墙角的碗柜顶上。

"不要,"哈利压低嗓门说,"求求你……他们会杀了我的……"

"哈利·波特必须保证不回学校——"

"多比……求求你……"

"保证吧,先生……"

"我不能!"

多比悲哀地看了他一眼。

"那多比只能这么做了,先生,这是为哈利·波特好。"

布丁盘子当啷一声摔到地上,哈利觉得他的心跳停止了。盘子摔得粉碎,奶油溅得墙上、窗户上都是。随着一声抽鞭子似的噼啪巨响,多比不见了。

餐厅里发出尖叫声,弗农姨父冲进厨房,发现哈利呆若木鸡地站在那里,从头到脚溅满了佩妮姨妈的布丁。

开始,弗农姨父似乎还可以把这件事掩饰过去("我家外甥——脑子有点儿毛病——见到生人就紧张,所以我们让他待在楼上……")。他把受惊的梅森夫妇哄回餐厅,对哈利说等客人走后非把他揍个半死,又丢给他一个拖把。佩妮姨妈从冰箱里挖出

第 2 章　多比的警告

一些冰淇淋。哈利开始擦洗厨房，身体还在打着哆嗦。

要不是那只猫头鹰，弗农姨父也许还能谈成他的生意。

佩妮姨妈正在分发一盒餐后薄荷糖，突然一只谷仓猫头鹰旋风般从餐厅窗口飞进来，把一封信丢在梅森夫人的头上，又旋风般飞走了。梅森夫人尖声怪叫，马上逃出了这所住宅，口里喊着疯子、疯子。梅森先生多站了片刻，告诉德思礼家人，他太太对各种各样、大大小小的鸟都怕得要命，并问这是不是他们故意安排的玩笑。

哈利站在厨房里，攥紧拖把支撑着自己的身体。弗农姨父朝他逼了过来，小眼睛里闪着恶魔般的凶光。

"读读这个！"他挥舞着猫头鹰送来的那封信，恶毒地说，"拿去——读啊！"

哈利接过信，那里面并没有生日祝词。

波特先生：

　　我们接到报告，得知今晚九点十二分你在住处用了一个悬停咒。

　　你知道，未成年的巫师不许在校外使用魔法，你如再有此类行为，将有可能被本校开除（《对未成年巫师加以合理约束法》，一八七五年，第三款）。

　　另外请记住，根据《国际巫师联合会保密法》第十三条，任何可能引起非魔法界成员（麻瓜）注意的魔法活动，均属严重违法行为。

祝暑期愉快！

马法尔达·霍普柯克

魔法部

禁止滥用魔法办公室

哈利抬起头，喉咙噎住了。

"你没告诉我们你不能在校外使用魔法，"弗农姨父说，眼里闪着疯狂的光，"忘说了……丢到脑后了吧，我猜……"

他像一条大斗牛狗那样向哈利压下来，牙齿全露在外面。"啊，我有消息要告诉你，小子……我要把你关起来……你永远别想回那个学校……永远……如果你用魔法逃出去——他们会开除你的！"

他像个疯子一样狂笑着，把哈利拖上楼去。

弗农姨父说到做到。第二天，他就找了个人给哈利的窗户上安了铁条。他又亲自在卧室门上装了一个活板门，一天三次送一点儿食物进来。他们每天早晚让哈利出去上厕所，其他时间都把他锁在屋里。

三天后，德思礼一家还没有任何发慈悲的迹象，哈利想不出

第2章 多比的警告

脱身的办法。他躺在床上看太阳在窗栅后面落下,悲哀地想着自己今后的命运。

如果会被霍格沃茨开除,那用魔法逃出去又有什么意义呢?可是女贞路的生活实在是过不下去了。现在,德思礼一家知道他们不会一觉醒来变成蝙蝠了,哈利失去了唯一的武器。多比也许使哈利躲过了霍格沃茨的可怕劫难,可是照现在这样下去,他可能会饿死。

活板门响了一下,佩妮姨妈的手从洞口推进来一碗罐头汤。哈利早就饿得肚子疼了,赶紧跳下床捧起那只碗。汤是冰凉的,可他一口气喝下了半碗。然后他走到海德薇的笼子旁,把碗底那几根泡了水的蔬菜倒进它空空的食盘里。海德薇竖起羽毛,厌恶地看了哈利一眼。

"别把你的鸟嘴翘得老高,我们只有这些。"哈利板着脸说。

他把空碗放回活板门旁,重新躺回到床上,感觉比喝汤前更饿了。

假设他四星期后还活着,却没去霍格沃茨报到,那会怎么样呢?他们会不会派人来调查他为什么没回去?他们能使德思礼一家放他走吗?

屋里黑下来了,哈利精疲力竭,饥肠辘辘,脑子里翻来覆去地转着那些没有答案的问题。他不知不觉睡着了,睡得很不安稳。

他梦见自己被放在动物园里展览,笼子上的卡片写着小巫师。

人们隔着铁栅栏看他,他躺在稻草上,饿得奄奄一息。他在人群中看到了多比的面孔,忙喊多比来救他,可多比叫道:"哈利·波特在那儿是安全的,先生!"说完就消失了。接着他又看到德思礼一家,达力摇着铁笼栏杆嘲笑他。

"住手,"哈利含糊不清地说,那嘎啦嘎啦的声音震动着他疼痛的神经,"别吵我……停下……我想睡觉……"

他睁开眼,月光从窗栅间照进来,有人隔着铁栅栏瞪视着他:一个雀斑脸、红头发、长鼻子的人。

罗恩·韦斯莱正在哈利的窗户外面。

第 3 章

陋 居

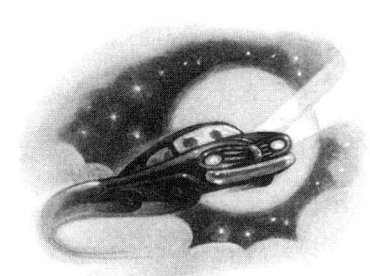

"罗恩!"哈利轻声叫道,蹑手蹑脚地走到窗前,把窗户推上去,这样他们好隔着铁栅栏说话,"罗恩,你怎么——这是——?"

看清眼前的情景之后,哈利张大了嘴巴。罗恩正从一辆青绿色轿车的后车窗探身看着他,轿车停在半空中,罗恩的那对双胞胎哥哥弗雷德和乔治坐在前排,朝他咧嘴笑着。

"怎么样,哈利?"

"怎么回事?"罗恩说,"你为什么一直不给我回信?我邀请了你十二次,然后爸爸回来说你在麻瓜面前使用魔法,受到了警告……"

"不是我——他是怎么知道的?"

"他在部里工作。"罗恩说,"你知道我们不能在校外使用魔法——"

"你说得真对。"哈利盯着那辆悬空的汽车说。

"哦,这不算,"罗恩说,"我们只是借用,这是爸爸的车,我们没有对它施魔法。可是你对同一屋檐下的麻瓜使用魔法……"

"我跟你说了,我没有——可是现在没时间解释。你能不能跟学校说一声,德思礼一家把我关起来了,不让我回学校。我显然不能用魔法逃出去,因为部里会认为我三天里两次使用魔法,所以——"

"别废话了,"罗恩说,"我们是来接你回家的。"

"可你们也不能用魔法——"

"我们不需要,"罗恩把头朝前排一摆,笑着说,"你忘了我和谁在一起了。"

"把它系在铁栅栏上。"弗雷德说着,扔给哈利一截绳子。

"要是德思礼一家人醒过来,我就没命了。"哈利说着,把绳子牢牢系在一根铁条上,弗雷德发动了汽车。

"别担心,"弗雷德说,"靠后站。"

哈利退到阴影里,靠近了海德薇。猫头鹰似乎也知道事关重大,在笼子里一动不动。汽车马达声越来越响,突然嘎啦啦一声,铁栅栏被连根拔起,弗雷德开车笔直地朝天上冲去——哈利跑到窗前,看见窗栅在离地面几英尺的地方晃荡着。罗恩喘着粗气把它拽进车里。哈利担心地听了听,德思礼他们的卧室里没什

第3章 陋 居

么动静。

窗栅被安全地放到罗恩旁边的座位上,弗雷德把车倒回来,尽可能靠近哈利的窗户。

"上车。"罗恩说。

"可我上学的东西……魔杖……飞天扫帚……"

"在哪儿?"

"锁在楼梯下的储物间里,我出不了门——"

"那好办,"坐在驾驶座旁边的乔治说,"闪开点儿,哈利。"

弗雷德和乔治小心地从窗户爬进哈利的房间。乔治从口袋里掏出一只普通的发夹,开始撬锁。这事还得交给他们,哈利想。

"许多巫师认为学这种麻瓜的把戏是浪费时间,"弗雷德说,"可我们觉得这也是一门技术,虽然慢了点儿。"

咔嗒一声轻响,门一下子开了。

"现在——我们去拿你的箱子——你赶快拣点你要用的东西,递给罗恩。"乔治小声说。

"当心最底下一段楼梯,会响的。"哈利小声叮嘱,双胞胎消失在黑暗的楼梯口。

哈利在屋里跑来跑去,收拾了一些东西从窗口递给罗恩,然后去帮弗雷德和乔治抬箱子。哈利听到弗农姨父咳了一声。

三个人气喘吁吁,终于把箱子抬到了楼上,又一直抬到哈利房间的窗口。弗雷德爬回车里,和罗恩一起拉,哈利和乔治在屋里推,箱子一点儿一点儿地朝窗外滑动。

弗农姨父又咳了一声。

"再加把劲,"弗雷德在车里一边拉一边喘着气说,"猛推一把……"

哈利和乔治用肩膀猛力朝箱子撞去,箱子从窗口滑到汽车后座上。

"好啦,我们走吧。"乔治小声说。

可是当哈利爬上窗台时,身后突然响起一声尖厉的鸣叫,紧接着是弗农姨父的咆哮。

"**这该死的猫头鹰!**"

"我忘了海德薇!"

楼梯口的灯亮了,哈利迅速折回屋内,抓起海德薇的笼子,冲到窗前,把笼子交给罗恩。他正在重新爬上五斗橱时,弗农姨父捶响了那扇没锁好的门——门开了。

一时间,弗农姨父在门口呆住了,然后像一头发怒的公牛般大吼一声,扑向哈利,抓住了他的脚脖子。

罗恩、弗雷德和乔治抓住哈利的胳膊使劲往外拉。

"佩妮!"弗农姨父喊道,"他要跑了!**他要跑了!**"

韦斯莱兄弟拼命一拽,哈利的腿挣脱了弗农姨父的手掌。哈利钻进车里,撞上车门,罗恩马上喊道:"快踩油门,弗雷德!"汽车猛地向着月亮冲去。

第3章 陋居

哈利不敢相信——他自由了。他摇下车窗,晚风拍打着他的头发,女贞路的屋顶在下面渐渐变小,弗农姨父、佩妮姨妈和达力还在窗口呆呆地探身望着。

"明年夏天见!"哈利喊道。

韦斯莱兄弟哈哈大笑,哈利靠在椅背上,乐得合不拢嘴。

"把海德薇放出来吧,"他对罗恩说,"它可以跟在我们后面飞。它好久没舒展翅膀了。"

乔治把发夹递给罗恩,不一会儿,海德薇快乐地飞出了车窗,像幽灵一样在他们旁边滑翔。

"可以告诉我们了吧,哈利?"罗恩迫不及待地说,"到底发生了什么事?"

哈利原原本本地向他们讲了多比、他给哈利的警告、被摔得一塌糊涂的堇菜布丁。他讲完后,车里好长时间一片沉默。

"很可疑。"弗雷德终于说。

"显然非常蹊跷,"乔治附和道,"他甚至不肯告诉你是谁在策划这些?"

"我想他是不能说。"哈利说,"我刚才说了,每次他快要吐露出什么时,就拿脑袋撞墙。"

他看到弗雷德和乔治对视了一下。

"怎么,你们认为他是在骗我?"哈利说。

"嗯,"弗雷德说,"这样说吧——家养小精灵的魔法也很了得，但没有主人的允许，他们一般不能使用魔法。我想多比是被人派来阻止你回霍格沃茨的，有人想捉弄你。你在学校有什么仇人吗？"

"有。"哈利和罗恩立刻同时说。

"德拉科·马尔福，"哈利解释说，"他恨我。"

"德拉科·马尔福？"乔治转过身问，"是不是卢修斯·马尔福的儿子？"

"大概是的，这个姓不常见，对吧？"哈利说，"怎么啦？"

"我听爸爸说起过他，"乔治说，"卢修斯·马尔福是神秘人的死党。"

"神秘人消失后，"弗雷德扭头看着哈利说，"卢修斯·马尔福回来说那件事与他无关，这是鬼话——爸爸猜他是神秘人的心腹。"

哈利听到过关于马尔福家的这些传言，所以一点儿也不觉得惊奇。和马尔福比起来，达力简直是个忠厚懂事的孩子。

"我不知道马尔福家有没有小精灵……"哈利说。

"有小精灵的人家肯定是个古老的巫师家族，而且很富有。"弗雷德说。

"对，妈妈一直希望能有一个小精灵帮我们熨衣服，"乔治说，"可是我们只有阁楼上那个讨厌的食尸鬼和满花园的地精。小精灵只有那种古老的大庄园和城堡里才有，在我们家可找不到……"

第3章 陋居

哈利沉默了。德拉科·马尔福用的东西总是最高级的,他家有的是魔币。他能想象出马尔福在一所大庄园住宅里趾高气扬地走来走去,派仆人来阻止哈利回霍格沃茨也很像是马尔福干的事情。哈利把多比的话当真,是不是太傻了?

"不管怎么说,我很高兴我们来接你。"罗恩说,"你一封信都不回,我真着急了。一开始我以为是埃罗尔出了问题——"

"埃罗尔是谁?"

"我们的猫头鹰。它上了年纪,以前送信时就累垮过。所以我想借赫梅斯——"

"谁?"

"珀西当上级长后,爸爸妈妈给他买的那只猫头鹰。"坐在前面的弗雷德说。

"可珀西不肯借给我,"罗恩说,"说他自己要用。"

"珀西今年暑假一直非常古怪,"乔治皱着眉头说,"他发了好多信,还老一个人关在屋里……我不明白,级长的徽章要擦那么多遍吗……你向西开得太远了,弗雷德。"他指着仪表盘上的一个指南针说。弗雷德把方向盘转了转。

"那你们把车开出来,你们的爸爸知道吗?"其实哈利已经猜到了实情。

"哦,不知道,"罗恩说,"他今晚加班。但愿我们能悄悄把车开进车库,不让妈妈发现。"

"你爸爸在魔法部做什么工作？"

"他在一个最无聊的部门，"罗恩说，"禁止滥用麻瓜物品办公室。"

"什么？"

"就是禁止对麻瓜制造的东西施用魔法，怕它们万一又回到麻瓜的商店或家里。就像去年，有个老巫婆死了，她的茶具被卖到一个古董店，一位女麻瓜买下了这套茶具，回家请朋友喝茶，真是一场噩梦啊——爸爸连着加了好几个星期的班。"

"怎么回事？"

"茶壶突然发起疯来，滚烫的茶水四处乱喷，一个男人住进了医院，方糖的钳子夹住了他的鼻子。爸爸忙得不可开交，办公室里只有他和一个叫珀金斯的老巫师。他们不得不用遗忘咒和各种办法来把这件事掩盖过去……"

"可你爸爸……这车子……"

弗雷德笑了。"是啊，爸爸迷上了和麻瓜有关的一切，我们的棚里堆满了麻瓜的东西。爸爸把它们拆开，施上魔法，再重新组装起来。如果他到我家抄查，他只好把自己抓起来。妈妈为这都快急疯了。"

"那是大路，"乔治透过挡风玻璃望着下面说，"我们十分钟就能到那儿……还好，天快亮了……"

东方地平线上出现了一抹淡淡的红霞。

第3章 陋居

弗雷德把车降低了一些，哈利看到一片片田地和一簇簇树木组成的深色图案。

"我们在村子外面一点儿，"乔治说，"就是奥特里·圣卡奇波尔村……"

车子越飞越低，树丛间一轮红日已经露头了。

"着陆！"弗雷德喊道，车子轻轻一震，触到了地面。他们降落在一个破破烂烂的车库旁边，周围是个小院子。哈利第一次打量着罗恩家的房子。

房子以前似乎是个石头垒的大猪圈，后来这里那里添建了一些房间，垒到了几层楼那么高，歪歪斜斜，仿佛是靠魔法搭起来的（哈利提醒自己这很有可能）。红房顶上有四五根烟囱，屋前斜插着一个牌子，写着陋居。大门旁扔着一些高帮皮靴，还有一口锈迹斑斑的坩埚。几只褐色的肥鸡在院子里啄食。

"不怎么样吧？"罗恩说。

"太棒了。"哈利快乐地说，他想起了女贞路。

大家下了车。

"现在，我们悄悄地上楼，"弗雷德说，"等妈妈来叫我们吃早饭。然后罗恩连蹦带跳地跑下楼，说：'妈妈，你看谁来了！'妈妈看到哈利一定很高兴，谁也不会知道我们用了车。"

"好的。"罗恩说，"来吧，哈利，我睡在——"

罗恩的脸一下子绿了，眼睛直勾勾地盯着房子的方向。其他三个人转过身去。

韦斯莱夫人从院子那头快步走来，小鸡儿四散奔逃。令人惊奇的是，她这么个胖墩墩、慈眉善目的女人，居然会那么像一头露着利齿的老虎。

"啊。"弗雷德说。

"天哪。"乔治说。

韦斯莱夫人停在他们面前，叉着腰，挨个儿审视一张张愧疚的面孔。她穿着一条印花的围裙，兜里插着一根魔杖。

"行啊。"她说。

"早上好，妈妈。"乔治用他显然以为是轻松可爱的语调说。

"你们知道我有多着急吗？"韦斯莱夫人用令人心惊肉跳的低沉声音说。

"对不起，妈妈，可是我们必须——"

韦斯莱夫人的三个儿子都比她高，可她的怒火爆发时，他们都战战兢兢。

"床空着！没留条子！车也没了……可能出了车祸……我都急疯了……你们想到过吗？……我这辈子从来没有……看你们的爸爸回来怎么收拾你们吧，比尔、查理和珀西从没出过这种事儿……"

"模范珀西。"弗雷德咕哝道。

"**你该学学他的样儿！**"韦斯莱夫人戳着弗雷德的胸口嚷道，

第3章 陋居

"你们可能摔死,可能被人看见,可能把你们的爸爸的饭碗给砸了——"

好像过了几个小时,韦斯莱夫人把嗓子都喊哑了,才转向哈利。哈利后退了两步。

"我很高兴看到你,亲爱的哈利,"她说,"进屋吃一点儿早饭吧。"

她转身回屋,哈利紧张地瞄了一眼罗恩,见罗恩点头,他才跟了上去。

厨房很小,相当拥挤,中间是一张擦得干干净净的木头桌子和几把椅子。哈利坐在椅子上,屁股只沾了一点边儿。他打量四周,以前他从没进过巫师的家。

对面墙上的挂钟只有一根针,没标数字,钟面上写着煮茶、喂鸡、你要迟到了之类的话。壁炉架上码着三层书:《给你的奶酪施上魔法》《烤面包的魔法》《做出一桌魔法盛宴!》等。哈利简直怀疑自己的耳朵欺骗了他,他听见水池旁的旧收音机里说:"接下来是'女巫时间',由著名的女歌唱家塞蒂娜·沃贝克表演。"

韦斯莱夫人在丁零当啷地做早饭。她漫不经心地把香肠扔进煎锅,不时气呼呼地瞪儿子们一眼,嘴里还咕哝着一些话:"不知道你们是怎么想的。""真是不敢相信。"

"我不怪你,亲爱的。"她把八九根香肠倒进哈利的盘里,安慰他说,"亚瑟和我也为你担心。昨天晚上我们还说要是到周五你再不给罗恩回信,我们就亲自去接你。可是,"(她又往哈利盘子里加了三个荷包蛋)"开着一辆非法的汽车飞过半个国家——谁都可能看见你们——"

她用魔杖朝水池里的碗碟随意一点,那些碗碟就自己清洗起来,叮叮当当的声音像是一种背景音乐。

"情况很不好,妈妈!"弗雷德说。

"吃饭的时候不要说话!"韦斯莱夫人厉声说。

"他们不给他饭吃,妈妈!"乔治说。

"你也闭嘴!"韦斯莱夫人说,可是她动手给哈利切面包涂黄油时,脸上的表情已稍稍温和了一些。

这时,一个穿着长睡衣的红头发小人儿跑进厨房,尖叫了一声,又跑了出去。

"金妮,"罗恩低声对哈利说,"我妹妹。她一暑假都在念叨你。"

"可不,她想要你的签名呢,哈利。"弗雷德笑道,但一看到母亲的眼神,马上埋头吃饭,不再说话。几个人闷声不响,不一会儿四个盘子便一扫而空。

"啊,好累呀,"弗雷德放下刀叉说,"我想我要去睡觉了——"

"不行,"韦斯莱夫人无情地说,"一晚上没睡是你自找的。现在你要给我去清除花园里的地精。它们又闹得不可收拾了。"

"哦,妈妈——"

第3章 陋居

"你们两个也有份儿。"她瞪着罗恩和乔治说。她又对哈利说:"你可以去睡觉,亲爱的,你并没有叫他们开那辆破车。"

可哈利觉得一点儿也不困,忙说:"我帮罗恩一块儿干吧,我还没见过怎么清除地精呢——"

"真是个好孩子,可这是个枯燥的活儿。"韦斯莱夫人说,"现在,我们来看看洛哈特是怎么说的。"

她从壁炉架上抽出一本大厚书,乔治呻吟了一声。

"妈,我们知道怎么清除花园里的地精。"

哈利看到那本书的封面上用烫金的花体字写着:吉德罗·洛哈特教你清除家里的害虫。书名下有一幅大照片,是个长得很帅的巫师,波浪般的金发、明亮的蓝眼睛。魔法世界的照片都是会动的,照片上的这个巫师(哈利猜想他就是吉德罗·洛哈特)放肆地朝他们眨着眼睛。韦斯莱夫人笑吟吟地低头看着他。

"哦,他很了不起。"她说,"了解家里的害虫,这是一本好书……"

"妈妈崇拜他。"弗雷德低声说,但听得很清楚。

"别瞎说,弗雷德。"韦斯莱夫人的脸红了,"好啦,你们要是觉得自己比洛哈特懂得还多,那就去干吧。不过,如果我检查时发现花园里还有一个地精,你们就等着瞧吧。"

韦斯莱兄弟打着哈欠,发着牢骚,懒洋洋地走了出去,哈利跟在后面。花园很大,而且正是哈利心目中的花园的样子。德思礼一家肯定不会喜欢——这里杂草丛生，草坪也需要修剪了——但是墙根有许多盘根错节的树木围绕着，各种哈利从没见过的植物从每个花圃里蔓生出来，还有一个绿色的大池塘，里面有好多青蛙。

"知道吗，麻瓜花园里也有地精的。"穿过草坪时，哈利对罗恩说。

"啊，我见过麻瓜以为是地精的那种玩意儿，"罗恩一边说，一边弯下腰把头埋进牡丹丛里，"像胖乎乎的小圣诞老人，扛着鱼竿……"

一阵猛烈的挣扎声，牡丹枝子乱颤，罗恩直起腰来。"这就是地精。"他板着脸说。

"放开我！放开我！"地精尖叫道。

它一点儿也不像圣诞老人。小小的身体，皮肤粗糙坚韧，光秃秃的大圆脑袋活像一颗土豆。罗恩伸长手臂举着它，因为它用长着硬茧的小脚朝罗恩又踢又蹬。罗恩抓住它的脚脖子，把它倒提起来。

"你得这样做。"他说，把地精举过头顶（"放开我！"），开始像甩套索那样划着大圈挥动手臂。看到哈利吃惊的表情，罗恩说："不会伤害它们的——你得把它们转晕，这样它们就找不到地精洞了。"

他手一松，地精飞出去二十英尺，扑通落在树篱后面的地里。

第3章 陋居

"差劲,"弗雷德说,"我保证能扔过那个树桩。"

哈利很快就不再同情那些地精了。他本来决定把他捉到的第一个地精轻轻丢在树篱外面,可是那地精感觉到对方的软弱,便用锋利的牙齿狠狠咬住了哈利的手指,他怎么抖也抖不掉,最后——

"哇,哈利——你那一下准有五十英尺……"

花园中很快就地精满天飞了。

"你瞧,它们不大机灵,"乔治说,他一把抓住了五六个地精,"一听说在清除地精,就都跑过来看,到现在还没学聪明一点儿。"

不久,地里那一群地精耸着小肩膀,排着稀稀拉拉的队伍走开了。

"它们会回来的,"他们看着那些地精消失在田地另一头的树篱后,罗恩说,"它们喜欢这儿……爸爸对它们太宽容了,觉得它们很有趣……"

正在这时,大门砰的一响。

"回来了!"乔治说,"爸爸回来了!"

他们急忙穿过花园回屋。

韦斯莱先生瘫在厨房的椅子上,摘掉了眼镜,两眼闭着。他是个瘦瘦的男人,有点谢顶,可他剩下的那点头发和孩子们的一样红。他穿着一件绿色的长袍,显得风尘仆仆。

"这一晚上真够呛!"他咕哝着,伸手去摸茶壶,孩子们都在他身边坐下,"抄查了九家。蒙顿格斯·弗莱奇这老家伙想趁我转身时对我用魔法……"

韦斯莱先生喝了一大口茶,舒了口气。

"搜到了什么东西吗,爸爸?"弗雷德急切地问。

"只有几把会缩小的房门钥匙和一只会咬人的水壶。"韦斯莱先生打着哈欠说,"有一些很恶心的东西,但不归我的部门管。在莫特莱克家发现了一些非常古怪的白鼬,他被带去问话了,可那是咒语实验委员会的事,谢天谢地……"

"为什么有人要做会缩小的钥匙呢?"乔治问。

"为了捉弄那些麻瓜,"韦斯莱先生叹息道,"卖给麻瓜一把钥匙,最后钥匙缩到没有,要用时就找不到了……当然,这很难让人相信,因为没有一个麻瓜会承认自己的钥匙越缩越小——他们会坚持说钥匙丢了。这些麻瓜,他们永远对魔法视而不见,哪怕魔法明明就摆在他们面前……可被我们的人施了魔法的那些东西,你简直不能相信——"

"比如汽车,对吗?"

韦斯莱夫人走了进来,手里举着一根拨火棍,像举着一把剑。韦斯莱先生一下睁大了眼睛,心虚地看着他的妻子。

"汽—汽车,莫丽,亲爱的?"

"对,亚瑟,汽车。"韦斯莱夫人眼里冒着火,"想想看,一个巫师买了辆生锈的旧汽车,对妻子说他只想把它拆开,看看内

第3章 陋居

部构造,可实际上他用魔法把它变成了一辆会飞的汽车。"

韦斯莱先生眨了眨眼。

"哦,亲爱的,我想你会发现他这样做并没有违法,尽管他也许应该事先把真相告诉妻子……法律中有个漏洞,你会发现……只要不打算用于飞行,汽车会飞这一事实并不——"

"亚瑟·韦斯莱,你写法律的时候故意留了一个漏洞!"韦斯莱夫人嚷道,"就为了能在你的棚子里捣鼓那些麻瓜的东西!告诉你,今天早上哈利就是坐那辆你不打算用于飞行的汽车来的!"

"哈利?"韦斯莱先生茫然地问,"哪个哈利?"

他环顾四周,看到哈利,马上跳了起来。

"上帝啊,是哈利·波特吗?见到你非常高兴,罗恩对我们讲了你的那么多——"

"你儿子昨晚开着那辆车,飞到哈利家把他接了过来!"韦斯莱夫人嚷道,"你有什么话说,嗯?"

"真的吗?"韦斯莱先生忙问,"它飞得好吗?我—我是说,"看到韦斯莱夫人眼里射出的怒火,他连忙改口,"这是很不对的,孩子们,非常非常不对……"

韦斯莱夫人像牛蛙似的鼓起胸脯。"让他们去吵吧,"罗恩悄悄对哈利说,"来,我带你去看我的卧室。"

他们溜出厨房,穿过窄窄的过道,来到一段高低不平的楼梯前。楼梯曲折盘旋，在第三个楼梯平台，有一扇门半开着。哈利刚瞥见一双明亮的棕色眼睛在盯着他，门就咔嗒一声关上了。

"是金妮，"罗恩说，"她这样害羞真是莫名其妙，她平常从来不这么安静……"

他们又爬了两段楼梯，来到一扇油漆剥落的房门前，门上有块小牌子写着罗恩的房间。

哈利走了进去，倾斜的天花板几乎碰到了他的头。他觉得有点晃眼，好像走进了一个大火炉：罗恩房间里所有的东西看上去都是一种耀眼的橙黄色：床罩、墙壁，甚至天花板。然后哈利发现，原来罗恩把旧墙纸的几乎每寸地方都用海报贴住了，所有的海报上都是同样的七位女巫和男巫，穿着一色的橙黄色艳丽长袍，扛着飞天扫帚，兴高采烈地挥着手。

"你的魁地奇球队？"哈利说。

"查德里火炮队，"罗恩一指橙黄色的床罩，那上面鲜艳地印着两个巨大的字母C[①]，还有一枚疾飞的炮弹，"俱乐部中排名第九。"

罗恩的魔法课本零乱地堆在屋角，旁边是一些连环画册，好像都是《疯麻瓜马丁·米格斯历险记》。罗恩的魔杖搁在窗台上的一口大鱼缸上，缸里养了很多蛙卵。他的灰毛胖老鼠斑斑躺在

---

① "查德里火炮队"的英文是两个以C开头的单词。

第3章 陋 居

鱼缸旁的一片阳光里打着呼噜。

哈利跨过地板上一副自动洗牌的纸牌，朝小窗外面望去。他看见在下面的地里，一群地精正在一个接一个地偷偷钻进韦斯莱家的树篱。然后他转过身来，发现罗恩正有点紧张地看着他，好像等着他的评价。

"小了点儿，"罗恩急急地说，"比不上你在麻瓜家的那间。我上面就是阁楼，里面住着那个食尸鬼，他老是敲管子，哼哼叽叽……"

可是哈利愉快地笑了，说："这是我见过的最好的房间。"

罗恩的耳朵红了。

第 4 章

在丽痕书店

　　陋居的生活和女贞路的生活有着天壤之别。德思礼一家喜欢一切都井井有条，韦斯莱家却充满了神奇和意外。厨房壁炉架上的那面镜子就把哈利吓了一跳。他第一次照镜子时，镜子突然大叫起来："把衬衫塞到裤腰里去，邋里邋遢！"阁楼上的食尸鬼只要觉得家里太安静了，就高声号叫，哐啷哐啷地敲管子。弗雷德和乔治卧室中小小的爆炸声被认为是完全正常的。但是在哈利看来，罗恩家的生活最不寻常的地方不是会说话的镜子，也不是敲敲打打的食尸鬼，而是这里所有的人好像都很喜欢他。

　　韦斯莱夫人为他补袜子，每顿饭都逼着他吃四份。韦斯莱先生喜欢让哈利吃饭时坐在他身边，并一个劲儿地向哈利打听麻瓜的生活，问他插头和邮局是怎么回事。

第4章 在丽痕书店

"太妙了!"哈利给他讲完怎样使用电话之后,他叹道,"真是天才,麻瓜想出了多少不用魔法生活的办法啊。"

到陋居大约一星期后,在一个晴朗的早晨,哈利收到了霍格沃茨的来信。那天他和罗恩下楼吃早饭,发现韦斯莱夫妇和金妮已经坐在餐桌旁了。金妮看见哈利后,不小心把她的粥碗碰翻在地,弄出了很大的响声。好像每次哈利一进屋,金妮总要碰倒什么东西。她钻到桌子底下去捡碗,出来时脸红得像晚霞一样。哈利装作没看见,坐了下来,接过韦斯莱夫人递给他的面包片。

"学校来信了。"韦斯莱先生说。哈利和罗恩都拿到了一个黄色羊皮纸信封,上面的字是绿色的。"哈利,邓布利多已经知道你在这儿了——这个人哪,什么也瞒不过他。你们俩也有。"弗雷德和乔治慢慢地踱了进来,身上还穿着睡衣。

一时间没有人说话,大家各自看信。哈利的信让他九月一日仍旧从国王十字车站搭乘霍格沃茨特快列车去学校。信里还列出了他这一年要用的新书的书单。

二年级学生要读:

《标准咒语,二级》,米兰达·戈沙克著

《与女鬼决裂》,吉德罗·洛哈特著

《与食尸鬼同游》,吉德罗·洛哈特著

《与女妖一起度假》,吉德罗·洛哈特著

《与巨怪同行》，吉德罗·洛哈特著

《与吸血鬼同船旅行》，吉德罗·洛哈特著

《与狼人一起流浪》，吉德罗·洛哈特著

《与西藏雪人在一起的一年》，吉德罗·洛哈特著

弗雷德读完了他自己的单子，伸头来看哈利的。

"你也要买吉德罗·洛哈特的书！"他说，"新来的黑魔法防御术课老师一定是他的崇拜者——没准是个女巫。"

弗雷德看到母亲的目光，赶忙低头专心吃他的橘子酱。

"那些书可不便宜，"乔治迅速地看了父母一眼说，"吉德罗·洛哈特的书真够贵的……"

"哦，我们会有办法的，"韦斯莱夫人说，可是看上去有点发愁，"我想金妮的许多东西可以买二手货。"

"哦，你今年也要上霍格沃茨了？"哈利问金妮。

金妮点点头，红色头发的发根都红了，胳膊肘碰到了黄油盘里。幸好除了哈利之外没有别人看见，因为这时罗恩的哥哥珀西正好走了进来。他已经穿戴整齐，级长的徽章别在针织短背心上。

"大家早上好。"珀西轻快地说，"天气不错。"

他坐到仅剩的一把椅子上，但马上又跳了起来，从屁股下拉出一把掉毛的灰鸡毛掸子——至少哈利以为那是把鸡毛掸子，随即发现它居然在呼吸。

第4章 在丽痕书店

"埃罗尔!"罗恩大叫起来。他接过珀西手里那只病恹恹的猫头鹰,从它翅膀下抽出一封信。"它终于带来了赫敏的回信。我写信告诉赫敏,我们要去德思礼家把你救出来。"

他把埃罗尔抱到后门旁的一根栖木跟前,想让它站在上面,可埃罗尔又扑腾着掉了下来。罗恩只好把它放在滴水板上,嘴里嘟哝着"可怜可怜"。然后他撕开赫敏的信,大声读道:

亲爱的罗恩,还有哈利,如果你也在:

　　祝一切都好,祝哈利平安,希望你们救他的时候没有做什么违法的事情,因为那也会给哈利惹麻烦的。我真是担心极了,要是哈利还好,请马上告诉我。不过你最好换一只猫头鹰,恐怕再送一回信你这只鸟就没命了。

　　我当然在忙着做功课——"她怎么可能这样?"罗恩大吃一惊,"现在是暑假啊!"——我下星期三要去伦敦买课本。我们在对角巷见面如何?

　　尽快把你们的情况告诉我。好友,赫敏。

"正巧,我们也在那天去买东西。"韦斯莱夫人开始收拾桌子,"你们今天都有什么活动?"

哈利、罗恩、弗雷德和乔治打算到山上韦斯莱家的一块围场上去,那儿周围都是树,不会被下边村子里的人看见。他们可以在那里练习打魁地奇，只要不飞得太高就行。但是不能用真正的魁地奇球，如果不小心让它们飞到村子上空，那就说不清楚了，所以他们只是互相抛接苹果。他们轮流骑坐哈利的光轮2000，它比另外几个人的飞天扫帚都要好得多，罗恩的那把"流星"经常被蝴蝶甩在后面。

五分钟后，四个人扛着飞天扫帚朝山上爬去。他们原想邀珀西一起去，可珀西说没空。到现在为止，哈利只在吃饭时才能看到珀西，其余时间他都把自己关在房间里。

"我真想知道他在干什么，"弗雷德皱着眉头说，"他最近很反常。你来的前一天他拿到了考试成绩，十二个O.W.L.证书，却没看出他怎么得意。"

"O.W.L.代表普通巫师等级考试。"看到哈利不解的表情，乔治解释说，"比尔也得过十二个，如果我们不留神点儿，家里可能会再出现一个男生学生会主席，我可丢不起这份儿人。"

比尔是韦斯莱兄弟中的老大，他和老二查理都已离开了霍格沃茨。哈利从没见过他们，但知道查理在罗马尼亚研究火龙，比尔在埃及为古灵阁即巫师银行工作。

"不知道爸爸妈妈到哪里弄钱给我们买今年的学习用品，"乔治过了一会儿说，"五套洛哈特的书！金妮还需要长袍和魔杖什么的……"

哈利没有说话。他觉得有点尴尬。他父母留给他的一点财产，

第4章 在丽痕书店

存在伦敦古灵阁的地下金库里。当然,他的钱只能在巫师界里使用,不能在麻瓜的商店里用加隆、西可和纳特买东西。哈利从没向德思礼一家提起过他在古灵阁的存款,他认为他们虽然惧怕与魔法有关的一切,但这种恐惧大概不会扩展到一大堆金币上。

到了星期三,韦斯莱夫人一大早就把他们叫醒了。每人匆匆吃了五六块咸肉三明治,然后穿好外套。韦斯莱夫人从厨房壁炉架上端起一只花盆,朝里面看了看。

"不多了,亚瑟,"她叹了口气,"今天得去买点儿……好吧,客人先请!哈利,你先来!"

她把花盆送到哈利面前。

哈利愣住了,大家都看着他。

"我—我应该怎么做?"他结结巴巴地问。

"他从来没用过飞路粉旅行。"罗恩突然说,"对不起,哈利,我忘记了。"

"从来没用过?"韦斯莱先生问,"那你去年是怎么到对角巷去买学习用品的?"

"我坐地铁去的——"

"是吗?"韦斯莱先生兴致勃勃地问,"有电梯子吗?到底怎么——"

"现在别问了,亚瑟。"韦斯莱夫人说,"哈利,用飞路粉要快得多,可是,天哪,要是你从前没用过——"

"他没问题的,妈妈。"弗雷德说,"哈利,先看我们怎么做。"

他从花盆里捏起一撮亮晶晶的粉末,走到火炉前,把粉末丢进火焰里。

呼的一声,炉火变得碧绿,升得比弗雷德还高。弗雷德径直走进火里,喊了一声"对角巷!"眨眼间就不见了。

"你必须把这几个字说清楚,孩子,"韦斯莱夫人对哈利说,乔治也把手伸进了花盆,"出来时千万别走错炉门……"

"别走错什么?"哈利紧张地问,火焰呼啸着蹿起,把乔治也卷走了。

"你知道,火焰出口有很多,你必须选准,但只要你口齿清楚——"

"他不会有事的,莫丽,别这么紧张。"韦斯莱先生说着,也取了一些飞路粉。

"可是亲爱的,如果他走丢了,我们怎么跟他的姨父姨妈交代啊?"

"他们不会着急的。"哈利安慰她说,"达力会觉得,我在烟囱里失踪是一个绝妙的笑话,您不用担心。"

"那……好吧……你在亚瑟后面走。"韦斯莱夫人说,"记住,一走进火里,就说你要去哪儿——"

"胳膊肘夹紧。"罗恩教他。

第4章 在丽痕书店

"闭上眼睛,"韦斯莱夫人说,"有煤烟——"

"不要乱动,"罗恩说,"不然你可能从别的炉门跌出去——"

"但也不要慌里慌张,不要出来得太早,要等你看到了弗雷德和乔治。"

哈利拼命把这些都记在心里,伸手取了一撮飞路粉,走到火焰边。他深深吸了一口气,把粉末撒进火里,向前走去;火焰像一股热风,他一张嘴,马上吸了一大口滚烫的烟灰。

"对—对角巷。"他咳嗽着说。

他仿佛被吸进了一个巨大的出水孔里。身子好像在急速旋转……耳旁的呼啸声震耳欲聋……他拼命想睁开眼睛,可是飞旋的绿色火焰让他感到眩晕……有什么坚硬的东西撞到了他的胳膊肘,他紧紧夹住双臂,还是不停地转啊转啊……现在好像有冰凉的手在拍打他的面颊……他眯着眼透过镜片看去,只见一连串炉门模糊地闪过,隐约能瞥见壁炉外的房间……咸肉三明治在他的胃里翻腾……他赶忙闭上眼,祈求快点停下来,然后——他脸朝下摔到了冰冷的石头地上,感觉他的眼镜片碎了。

他头晕目眩,皮肤青肿,满身煤灰,小心翼翼地爬起来,把碎裂的眼镜举到眼前。他是独自一人,然而这是什么地方呢?他不知道。好像是站在一个宽敞而昏暗的巫师商店的石头壁炉前——可是这里的东西似乎没有一样可能列在霍格沃茨学校的购物单上。

旁边一个玻璃匣里的垫子上，有一只枯萎的人手、一沓血迹斑斑的纸牌和一只呆滞不动的玻璃眼球。狰狞的面具在墙上朝下睨视，柜台上摆着各种各样的人骨，生锈的尖齿状的器械从天花板挂下来。更糟糕的是，哈利可以看出，满是灰尘的商店橱窗外那条阴暗狭窄的小巷，肯定不是对角巷。

要尽快离开这里。鼻子还火辣辣地痛，哈利迅速轻手轻脚地向门口走去，可是还没走到一半，门外出现了两个人——其中一个是哈利此刻最不想遇到的人：德拉科·马尔福。啊，可不能让马尔福看到他迷了路，满身煤灰，戴着破眼镜。

哈利迅速朝四下一望，看到左边有一个黑色的大柜子，便闪身钻了进去，掩上柜门，只留了一条细缝。几秒钟后，铃声一响，马尔福走进店里。

他身后的那个男人只能是他的父亲，也是那样苍白的尖脸，那样冷漠的灰眼睛。马尔福先生穿过店堂，懒洋洋地看着陈列的物品，摇响了柜台上的铃铛，然后转身对儿子说："什么都别碰，德拉科。"

马尔福正要伸手摸那只玻璃眼球，一边说："我以为你要给我买件礼物呢。"

"我是说要给你买一把比赛用的飞天扫帚。"他父亲用手指叩着柜台说。

"如果我不是学院队的队员，买飞天扫帚又有什么用？"马

第4章 在丽痕书店

尔福气呼呼地说,"哈利·波特去年得了一把光轮2000,邓布利多特许他代表格兰芬多学院比赛。他根本就不配,不就是因为他有些名气……因为他额头上有一个愚蠢的伤疤……"

马尔福弯腰仔细查看满满一个架子的头盖骨。

"……所有的人都觉得他那么优秀,了不起的哈利·波特和他的伤疤,还有他的飞天扫帚——"

"你已经跟我讲了至少有十遍了,"马尔福先生看了儿子一眼,制止他再说下去,"我要提醒你,当大多数人都把哈利·波特看成是赶跑黑魔王的英雄时,你不装作喜欢他是不—不明智的。——啊,博金先生。"

一个弓腰驼背的男人出现在柜台后面,用手向后捋着油光光的头发。

"马尔福先生,再次见到您真让人愉快。"博金先生用和他的头发一样油滑的腔调说道,"非常荣幸——还有马尔福少爷——欢迎光临。我能为您做些什么?我一定要给您看看,今天刚进的,价钱非常公道——"

"我今天不买东西,博金先生,我是来卖东西的。"马尔福先生说。

"卖东西?"博金先生脸上的笑容稍稍减少了一些。

"你想必听说了,部里加紧了抄查。"马尔福先生说着,从衣服内侧的口袋里摸出一卷羊皮纸,展开给博金先生看,"我家里有一些——啊——可能给我造成不便的东西,如果部里来……"

博金先生戴上一副夹鼻眼镜,低头看着清单。

"想来部里不会去打搅您吧,先生?"

马尔福先生撇了撇嘴。

"目前还没有来过。马尔福的名字还有一点威望,可是部里越来越好管闲事了。据说要出台一部新的《麻瓜保护法》——一定是那个邋里邋遢的蠢货亚瑟·韦斯莱在背后搞鬼,他最喜欢麻瓜——"

哈利觉得怒火中烧。

"——你知道,这上面的有些毒药可能让它看上去——"

"我明白,先生,这是当然的。"博金先生说,"让我看看……"

"能把那个给我看看吗?"德拉科指着垫子上那只枯萎的人手问道。

"啊,光荣之手!"博金先生叫道,丢下马尔福先生的单子,奔到德拉科面前,"插上一支蜡烛,只有拿着它的人才能看见亮光!是小偷和强盗最好的朋友!您的儿子很有眼力,先生。"

"我希望我的儿子比小偷和强盗多有点儿出息,博金。"马尔福先生冷冷地说。

博金先生马上说:"对不起,先生,我没有那个意思——"

"不过要是他的成绩没有起色,"马尔福先生语气更冷地说,"他也许只能干那些勾当。"

第4章　在丽痕书店

"这不是我的错，"德拉科顶嘴说，"老师们都偏心，那个赫敏·格兰杰——"

"一个非巫师家庭出身的女孩回回考试都比你强，我还以为你会感到羞耻呢。"马尔福先生怒气冲冲地说。

"哈哈！"看到德拉科又羞又恼的样子，哈利差点笑出声来。

"到处都是这样，"博金先生用他那油滑的腔调说，"巫师血统越来越不值钱了。"

"我不这样认为。"马尔福先生说，他的长鼻孔扇动着，喷着粗气。

"彼此彼此，先生。"博金先生深鞠一躬说。

"那么，也许我们可以接着看我的单子了。"马尔福先生不耐烦地说，"我时间不多，博金，今天还有重要的事情要办。"

他们开始讨价还价，德拉科随心所欲地观看店里出售的物品，眼看着就要接近哈利的藏身之处，哈利的心提了起来。德拉科停下来研究一根长长的绞索，又傻笑着念一串华贵的蛋白石项链上的牌子：当心：切勿触摸，已被施咒——曾夺走十九位麻瓜拥有者的生命。

德拉科转过身，看到了那个柜子。他走上前……手伸向了门把手……

"成了，"马尔福先生在柜台那边说，"过来，德拉科！"

德拉科转身走开了，哈利用衣袖擦了擦额头。

"再见，博金先生，明天我在家里等你来拿货。"

门一关，博金先生立刻收起了他那谄媚的姿态。

"再见吧，马尔福先生，如果那些传说是真的，你卖给我的东西还不到你宅子里私藏的一半……"

博金先生愤愤地嘀咕着，走进后房去了。哈利等了一会儿，怕他还会出来。然后，他尽可能悄无声息地钻出柜子，走过那些玻璃柜台，溜出了店门。

他把破眼镜摁在眼睛上，往四下里张望，眼前是一条肮脏的小巷，两旁似乎全是黑魔法的店铺。他刚刚出来的那一家叫博金-博克，好像是最大的，但对面一家的橱窗里阴森森地陈列着一些萎缩的人头。隔着两家门面，一个大笼子里黑压压地爬满了巨大的黑蜘蛛。在一个阴暗的门洞里，有两个衣衫褴褛的巫师正看着他窃窃私语。哈利感到毛骨悚然，想要赶快离开这里。他一路努力把眼镜片扶正，心中抱着一线希望，但愿能摸出去。

一家卖毒蜡烛的店铺前挂着块旧木头街牌，告诉他这是翻倒巷。这没有用，哈利从来都没听说过这个地方。他想，可能是在韦斯莱家火炉里时吞了满嘴烟灰，没有把地名说清楚。他竭力保持镇静，思索着该怎么办。

"不是迷路了吧，亲爱的？"耳边忽然响起一个声音，把他吓了一跳。

一个老女巫站在他面前，托着一碟酷似整片死人指甲的东西。

第4章 在丽痕书店

她乜斜着哈利,露出长着苔藓的牙齿,哈利慌忙后退。

"我很好,谢谢。"他说,"我只是——"

"**哈利**!你在这里干什么?"

哈利的心怦怦跳起来,那女巫也惊得一跳,指甲纷纷洒落到她的脚背上。她诅咒着,只见海格——那魁梧的猎场看守,正大步向他们走来,甲虫般乌黑晶亮的眼睛在大胡子上边炯炯放光。

"海格!"哈利心里一宽,沙哑着嗓子喊道,"我迷路了……飞路粉……"

海格揪住哈利的后脖颈把他从老女巫身边拉开,又一挥手打落了老女巫手里的盘子。她的尖叫声一直追着他们穿过曲曲折折的小巷,直到他们来到明亮的阳光下。哈利远远地看到了一个熟悉的雪白色大理石建筑:古灵阁银行。海格直接把他带到了对角巷。

"看你这样子!"海格粗声粗气地说,用力给哈利掸去身上的煤灰,他手脚很重,差点把哈利揉进一家药店外的火龙粪桶里,"在翻倒巷里瞎转,你不知道——那不是个好地方,哈利,别让人看见你在那儿——"

"我也看出来了,"哈利见海格又要来替他掸灰,连忙躲开,"跟你说我迷路了嘛——你在那儿干什么?"

"我在找一种驱除食肉鼻涕虫的药,"海格粗声粗气地说,"它们快把学校的卷心菜糟蹋光了。你不是一个人吧?"

"我现在住在韦斯莱家,可是我们走散了,"哈利解释说,"我得去找他们……"

他们一起朝前走去。

"你怎么一直不给我回信?"海格问,哈利在他身边一溜小跑(他三步才能赶上海格那双大皮靴的一步)。哈利把多比和德思礼一家的情况都跟他说了。

"可恶的麻瓜,"海格咆哮道,"要是我知道——"

"哈利!哈利!快过来!"

哈利一抬头,看见赫敏·格兰杰站在古灵阁的白色台阶上。她跑下来迎接他们,蓬松的棕发在身后飞扬。

"你的眼镜怎么了?你好,海格……哦,又看到你们俩了,真是太好了……你去古灵阁吗,哈利?"

"我找到韦斯莱一家之后就去。"哈利说。

"你不用找多久的。"海格笑道。

哈利和赫敏环顾四周,看见罗恩、弗雷德、乔治、珀西和韦斯莱先生正从拥挤的街上快步跑来。

"哈利,"韦斯莱先生喘着气说,"我们但愿你只错过了一个炉门……"他擦了擦亮晶晶的秃顶,"莫丽都急疯了——她马上就来。"

"你从哪儿出来的?"罗恩问。

"翻倒巷。"海格板着脸说。

第4章　在丽痕书店

"太棒了!"弗雷德和乔治一起叫了起来。

"大人们从来不让我们去的。"罗恩羡慕地说。

"我想最好别去。"海格粗声说。

韦斯莱夫人急急地向这边跑来,手里拎着的手提包剧烈摆动;金妮拉着她的另一只手吃力地跟着。

"哦,哈利——哦,亲爱的——天知道你跑哪儿去了——"

她上气不接下气地从包里拿出一把大衣刷,开始掸扫哈利身上没被海格拍掉的煤灰。韦斯莱先生接过哈利的眼镜,用魔杖一点,还回来的眼镜像新的一样。

"哦,我得走了。"海格说,他的手正被韦斯莱夫人紧紧攥着("翻倒巷!多亏你发现了他,海格!"),"霍格沃茨见!"他大步流星地走了,比街上所有的人都高出一个头和一个肩膀。

"你们猜我在博金-博克店里看到谁了?"走上古灵阁的台阶时,哈利问罗恩和赫敏,"马尔福和他爸爸。"

"卢修斯·马尔福买什么东西了吗?"韦斯莱先生在他们身后警惕地问。

"没有,他去卖东西了。"

"他害怕了,"韦斯莱先生严肃而满意地说,"哦,我真想抓到卢修斯·马尔福的证据……"

"当心点儿,亚瑟。"韦斯莱夫人告诫他说,一位妖精躬着身子把他们引进银行,"那一家人可不好惹,别去咬你啃不动的骨头。"

"你认为我斗不过马尔福？"韦斯莱先生愤愤地说，可是他的注意力马上被转移了，因为他看见赫敏的父母局促地站在横贯整个大理石大厅的柜台旁，等着赫敏给他们作介绍。

"啊，你们是麻瓜！"韦斯莱先生高兴地说，"我们一定要喝一杯去！你手里拿的那个是什么？哦，你们在兑换麻瓜货币。莫丽，你瞧！"他兴奋地指着格兰杰先生手里那张十英镑的钞票说。

"一会儿还在这儿见。"罗恩对赫敏说，韦斯莱一家和哈利由另一个古灵阁妖精领着，前往他们的地下金库。

由妖精驾驶的小车在小型铁轨上穿梭飞驰，穿过银行的地下通道到达各个金库。哈利觉得那一路风驰电掣的感觉十分过瘾，可是当韦斯莱家的金库打开时，他感到比在翻倒巷时还可怕。里面是很不起眼的一堆银西可，只有一个金加隆。韦斯莱夫人连边边角角都摸过了，最后把所有的硬币都拨拉到她的包里。哈利到了自己的金库，感觉更难堪了。他尽量不让别人看到，匆匆地把几把硬币扫进一个皮包。

他们在银行外的大理石台阶上分手。珀西嘀咕着要买一支新羽毛笔，弗雷德和乔治看到了他们在霍格沃茨学校的朋友李·乔丹。韦斯莱夫人和金妮要去一家卖旧袍子的商店。韦斯莱先生坚持要带格兰杰夫妇去破釜酒吧喝一杯。

"一小时后在丽痕书店集合，给你们买课本。"韦斯莱夫人一

第4章 在丽痕书店

边交代,一边带着金妮动身离开。"不许去翻倒巷!"她冲着双胞胎兄弟的背影喊。

哈利、罗恩和赫敏在卵石铺成的曲折街道上溜达。那些金币、银币和铜币在哈利兜里愉快地响着,大声要求把它们花掉。于是他买了三块大大的草莓花生黄油冰淇淋。他们惬意地吃着冰淇淋在巷子里闲逛,浏览着琳琅满目的商店橱窗。罗恩恋恋不舍地盯着魁地奇精品店橱窗里陈列的全套查德里火炮队的队服,直到赫敏拉他们到旁边一家店铺里去买墨水和羊皮纸。在蹦跳嬉闹魔法笑话商店,他们碰到了弗雷德、乔治和李·乔丹。他们在大量购买"费力拔博士见水开花神奇冷烟火"。一家旧货铺里堆满破破烂烂的魔杖、摇摇晃晃的铜天平和药渍斑斑的旧斗篷,他们发现珀西正在聚精会神地读一本非常枯燥的书:《级长怎样获得权力》。

"霍格沃茨的级长和他们离校后从事的职业。"罗恩大声念着封底的说明,"听起来蛮吸引人的……"

"走开。"珀西没好气地说。

"当然啦,珀西是有野心的,他都计划好了……他要当魔法部长……"他们离开珀西时,罗恩低声对哈利和赫敏说。

一小时后,他们向丽痕书店走去,去书店的人远不止他们几个。他们惊讶地发现店门外挤了一大群人,都想进去。楼上窗户前拉出了一条大横幅:

吉德罗·洛哈特
签名出售自传
《会魔法的我》
今日下午 12：30 — 16：30

"我们可以当面见到他啦！"赫敏叫起来,"我是说,书单上的书几乎全是他写的呀！"

人群中似乎大部分都是韦斯莱夫人这个年纪的女巫。一位面色疲惫的男巫站在门口说:"女士们,安静……不要拥挤……当心图书……"

哈利、罗恩和赫敏从人缝里钻了进去。弯弯曲曲的队伍从门口一直排到书店后面,吉德罗·洛哈特就在那里签名售书。他们每人抓了一本《与女鬼决裂》,偷偷跑到韦斯莱一家和格兰杰夫妇排队的地方。

"哦,你们可来了,太好了。"韦斯莱夫人说。她呼吸急促,不停地拍着头发,"我们一会儿就能见到他了……"

渐渐地,他们望见吉德罗·洛哈特了。他坐在桌子后面,被自己的大幅照片包围着,照片上的那些脸全都在向人群眨着眼睛,闪露着白得耀眼的牙齿。洛哈特本人穿着一件跟勿忘我花一样蓝色的长袍,与他的蓝眼睛正好相配。尖顶巫师帽俏皮地歪戴在一头波浪般的金发上。

第4章 在丽痕书店

一个脾气暴躁的矮个子男人举着一个黑色的大照相机,在他前前后后跳来跳去地拍照。每次闪光灯炫目地一闪,相机里便喷出几股紫色的烟雾。

"闪开!"他对罗恩嚷道,一边后退着选择一个更好的角度,"这是给《预言家日报》拍的。"

"真了不起。"罗恩揉着被那人踩痛的脚背说。

吉德罗·洛哈特听到了。他抬起头来,看到了罗恩,接着又看到了哈利。他盯着哈利看了一会儿,跳起来喊道:"这不是哈利·波特吗?"

人群让开了一条路,兴奋地低语着。洛哈特冲上前来,抓住哈利的胳膊,把他拉到前面,全场爆发出一阵掌声。哈利脸上发烧,洛哈特握着他的手让摄影师拍照。矮个子男人疯狂地连连按动快门,阵阵浓烟飘到韦斯莱一家身上。

"笑得真漂亮,哈利。"洛哈特自己也展示着一口晶亮的牙齿,"我们俩可以上头版。"

当他终于放开哈利的手时,哈利的手指都麻木了。他想溜回韦斯莱一家那里,可洛哈特的一只胳膊还搭在他肩上,把他牢牢夹在身边。

"女士们先生们,"洛哈特大声说,挥手让大家安静,"这是多么不同寻常的一刻!我要借这个绝妙的场合宣布一件小小的事情,这件事我已经压了有些日子,一直没有说。

"年轻的哈利今天走进丽痕书店时，只是想买我的自传——我愿意当场把这本书免费赠送给他——"又是一片掌声，"——可他不知道，"洛哈特继续说，并摇晃了哈利一下，弄得哈利眼镜滑到了鼻尖上，"他不久将得到比拙作《会魔法的我》更有价值的东西，实际上，他和他的同学们将得到一个真正的、会魔法的我。不错，女士们先生们，我无比愉快和自豪地宣布，今年九月，我将成为霍格沃茨魔法学校的黑魔法防御术课教师！"

人群鼓掌欢呼，哈利发现自己拿到了吉德罗·洛哈特的全套著作，沉得他走路都有点摇晃了。他好不容易才走出公众注意的中心，来到墙边，金妮正站在她的新坩埚旁。

"这些给你，"哈利把书倒进坩埚里，含糊不清地对她说，"我自己再买——"

"你一定很喜欢这样吧，波特？"一个他绝不会听错的声音说。哈利直起腰，与德拉科·马尔福打了个照面，对方脸上挂着惯常的那种嘲讽人的笑容。

"著名的哈利·波特，"马尔福说，"连进书店都免不了成为头版新闻。"

"别胡说，他不想那样！"金妮说。这是她第一次当着哈利的面主动说话，对马尔福怒目而视。

"波特，你找了个女朋友！"马尔福拖长了音调说。金妮的脸红了，罗恩和赫敏挤过来，每人都抱着一摞洛哈特的书。

第4章 在丽痕书店

"哦,是你,"罗恩看着马尔福,仿佛看到了鞋底上什么恶心的东西,"你在这儿看到哈利一定很吃惊吧,嗯?"

"更让我吃惊的是,居然看到你也进了商店,韦斯莱。"马尔福反唇相讥,"我猜,为了买这些东西,你爸爸妈妈下个月要饿肚子了吧。"

罗恩涨红了脸,把书丢进坩埚,就要朝马尔福冲去。哈利和赫敏从后面紧紧拽住他的衣服。

"罗恩!"韦斯莱先生带着弗雷德和乔治挤过来,"你在干什么?这里太乱了,我们出去吧。"

"哎呀呀——亚瑟·韦斯莱。"

是马尔福先生。他一只手搭在德拉科的肩上,脸上挂着和他儿子一模一样的讥笑。

"卢修斯。"韦斯莱先生冷冷地点头说。

"听说老兄公务繁忙得很哪,"马尔福先生说,"那么多的抄查……我想他们付给你加班费了吧?"

他把手伸进金妮的坩埚,从崭新光亮的洛哈特著作中间抽出了一本破破烂烂的《初学变形指南》。

"看来并没有。我的天哪,要是连个好报酬都捞不到,做个巫师中的败类又有什么好处呢?"

韦斯莱先生的脸比罗恩和金妮红得还厉害。

"我们对于什么是巫师中的败类看法截然不同,马尔福。"

他说。

"那当然。"马尔福先生说。他浅色的眼珠子一转,目光落到了提心吊胆地看着他们的格兰杰夫妇身上。"看看你交的朋友,韦斯莱……我本以为你们一家已经堕落到极限了呢。"

哐啷一声,金妮的坩埚飞了出去。韦斯莱先生朝马尔福先生扑过去,把他撞到一个书架上,几十本厚厚的咒语书掉到他们头上。弗雷德和乔治大喊:"揍他,爸爸!"韦斯莱夫人尖叫:"别这样,亚瑟,别这样!"人群惊慌后退,撞倒了更多书架。"先生们,行行好——行行好。"店员喊道。然后一个大嗓门压过了所有的声音:"散开,先生们,散开——"

海格踏着满地的书大步走过来,一眨眼就把韦斯莱先生和马尔福先生拉开了。韦斯莱先生嘴唇破了,马尔福先生一只眼睛被《毒菌大全》砸了一下,手里还捏着金妮那本破旧的变形术课本。他把书往金妮手里一塞,眼里闪着恶毒的光芒。

"喏,小丫头——拿着你的书——这是你爸爸能给你的最好的东西——"

他挣脱了海格的手臂,向德拉科一招手,冲出了店门。

"你不该理他,亚瑟,"海格伸手替韦斯莱先生把袍子抹平,差点把他整个人举了起来,"这家伙坏透了,他们全家没一个好人,所有的人都知道。马尔福一家人的话根本不值得听。他们身上的血是坏的,就是这么回事。走,我们出去吧。"

第4章　在丽痕书店

店员似乎想拦住他们，可是他的个头才到海格的腰部，所以没敢造次。他们快步走到街上，格兰杰夫妇吓得浑身发抖，韦斯莱夫人则气得发狂。

"给孩子们带的好头……当众打架……吉德罗·洛哈特会怎么想……"

"他可高兴了，"弗雷德说，"咱们出来时你没听见吗？他问《预言家日报》的那个家伙能不能把打架的事也写进报道——他说这能造成轰动。"

不过回到破釜酒吧的壁炉旁时，大伙儿已经平静多了。哈利、韦斯莱一家和买的东西都要用飞路粉运回陋居。格兰杰一家要回酒吧另一边的麻瓜街道。他们在酒吧道别，韦斯莱先生想问问他们汽车站是怎么一回事儿，可是看到韦斯莱夫人的表情，只好赶快把嘴闭上。

哈利摘下眼镜，小心地放进口袋里，才去取飞路粉。这显然不是他最喜欢的旅行方式。

第 5 章

打 人 柳

哈利觉得暑假结束得太快了。他盼望回到霍格沃茨，可是在陋居的一个月是他一生中最快乐的时光。想到德思礼一家和他下次回女贞路时可能受到的待遇，他没法不嫉妒罗恩。

最后一天晚上，韦斯莱夫人变出了一桌丰盛的晚饭，都是哈利最喜欢吃的东西，最后一道是看了就让人流口水的蜜汁布丁。弗雷德和乔治的费力拔烟火表演使这个夜晚更加完美。厨房里满是红色和蓝色的星星，在天花板和墙壁之间蹦来蹦去至少有半个小时之久。尽兴之后，每人喝了一杯热巧克力，就上床睡觉去了。

第二天早上动身花了很长时间。鸡一叫他们就起床了，可是仍然好像有很多事情要做。韦斯莱夫人冲来冲去地寻找备用的袜子和羽毛笔，心情烦躁。大家老是在楼梯上撞在一起，衣服穿了一半，手里拿着吃剩的一点儿面包。韦斯莱先生把金妮的箱子扛

第5章 打人柳

到车上时,在院子里被一只鸡绊了一下,差点儿摔断了脖子。

哈利心里纳闷,这八个人、六只大箱子、两只猫头鹰和一只老鼠,怎么可能塞进一辆小小的福特安格里亚车里呢?当然,他没有考虑到韦斯莱先生添加的那些设计。

"别告诉莫丽。"他打开行李箱,向哈利展示它怎样被神奇地扩大了,足以放下那些箱子。

当他们终于都坐进车里后,韦斯莱夫人朝后排看了一眼,哈利、罗恩、弗雷德、乔治和珀西舒适地并排坐在那里。她和金妮坐在前面,那个座位也被加长到像公园里的长凳一样。"麻瓜真是比我们想象的聪明,"她说,"我是说,从外面看不出车里有这么宽敞,是不是?"

韦斯莱先生发动引擎,汽车开出了院子。哈利回头看了这所房子最后一眼。他还没来得及想什么时候才能再见到它,他们又回来了:乔治把他的费力拔烟火忘在家里了。五分钟之后,汽车又在院子里刹住,好让弗雷德跑回去拿他的飞天扫帚。快上高速公路时,金妮又尖叫起来,说她忘带日记本了。等她爬进汽车时,时间已经很晚,大家的火气也已经很旺。

韦斯莱先生看了一眼手表,然后看着他的妻子。

"莫丽,亲爱的——"

"不行,亚瑟。"

"没人会看见的。这里有个小按钮,是我安装的隐形助推器——它能把我们送到天上——然后我们在云层上面飞,十分钟就到了,谁也不会知道……"

"我说了不行,亚瑟,在这种光天化日之下。"

他们差一刻十一点到了国王十字车站。韦斯莱先生冲过马路去找运行李的小车,大家匆匆跑进车站。

哈利去年乘过霍格沃茨特快列车。窍门是要登上 $9\frac{3}{4}$ 站台,这个站台是麻瓜看不见的。你得穿过第9和第10站台之间的隔墙,一点儿也不痛,可是要小心别让麻瓜看到你消失了。

"珀西第一个。"韦斯莱夫人紧张地看着挂钟说。他们必须在五分钟内装作漫不经心地穿墙而过。

珀西快步走过去,消失了。韦斯莱先生跟着也过去了,接着是弗雷德和乔治。

"我带着金妮,你们俩紧紧跟上。"韦斯莱夫人对哈利和罗恩说完,抓住金妮的手走向前去,一转眼就消失了。

"我们俩一起过吧,只有一分钟了。"罗恩说。

哈利看了看海德薇的笼子是否在箱子顶上插牢了,然后把小行李车转过来对着隔墙。他非常自信,这远不像用飞路粉那样难受。他们俩弓着腰,坚定地推着车子朝隔墙走去,逐渐加快步伐。离墙还有几英尺时,他们跑了起来——

梆!

两辆车撞在隔墙上弹了回来。罗恩的箱子重重地砸到地上,

第5章 打人柳

哈利被撞倒了；海德薇的笼子弹到了光亮的地板上，滚到一边；海德薇愤怒地尖叫起来。许多人围着他们看，旁边一个警卫喊道："你们到底在搞什么名堂？"

"车子脱手了。"哈利喘着气说，捂着肋骨爬了起来。罗恩跑过去捡起海德薇，它还在那里大吵大叫，使得许多围观的人说他们虐待动物。

"我们为什么过不去？"哈利小声问罗恩。

"我不知道……"

罗恩焦急地看看四周，还有十几个人在好奇地注视着他们。

"我们要误车了，"罗恩小声说，"我不明白通道为什么自己封上了……"

哈利抬头看看大钟，他有些眩晕，感觉仿佛要吐。十秒……九秒……

他小心地把车子抵到墙边，使出全身力气一推，隔墙还是纹丝不动。

三秒……两秒……一秒……

"完了，"罗恩呆呆地说，"火车开了。如果爸爸妈妈不能过来接我们怎么办？你身上带着麻瓜的钱吗？"

哈利干笑了一声："德思礼一家六年没给我零花钱了。"

罗恩把耳朵贴到冰冷的隔墙上。

"什么声音也没有，"他紧张地说，"我们怎么办呢？不知道爸妈要多久才能回来找我们。"

他们朝四周望望，还有一些人在看他们，这主要是由于海德薇在不停地尖叫。

"我想我们最好回汽车旁边等着，"哈利说，"这里太招人注——"

"哈利！"罗恩眼睛一亮，叫道，"汽车！"

"怎么了？"

"我们可以开车飞到霍格沃茨！"

"可是我想——"

"我们被困住了，对吧？我们必须赶回学校，是不是？在真正紧急的情况下，未成年的巫师也可以使用魔法的。那个什么'限制法令'第十九款还是第几款有规定……"

哈利由惊慌一下子转为兴奋。

"你会开吗？"

"没问题。"罗恩说着，把小车掉头朝向出口，"快走吧，要是赶一赶，我们还能跟得上霍格沃茨特快列车。"

他们快步穿过好奇的人群，走出车站，回到停在辅路上的那辆老福特安格里亚车旁边。

罗恩用魔杖连点几下，打开了宽敞的行李箱。他们把箱子搬了进去，把海德薇放在后排座位上，自己坐进前排。

"看一眼有没有人在注意我们。"罗恩说，又用魔杖一点，发

第5章 打人柳

动了汽车。哈利把头伸出窗外：干道上有隆隆行驶的车辆，可他们这条街上空空荡荡。

"没人。"

罗恩按下仪表板上的一个小小的银色按钮。他们的汽车消失了——他们俩也消失了。哈利能感到座位在震动，能听到引擎的声音，能感到他的双手放在膝盖上，眼镜戴在鼻梁上，他能看到一切。但他自己只剩下了一双眼睛，离地面几英尺，在一条停满汽车的脏兮兮的街道上方飘浮。

"起飞。"罗恩的声音在他右边响起。

两旁的地面和肮脏的建筑物沉落下去，一会儿就看不见了。汽车越升越高，几秒钟后，整座伦敦城展现在他们下方，烟雾蒙蒙，微微地闪着亮光。

突然噗的一声，汽车、哈利和罗恩又重新显现了。

"哎呀，"罗恩捅着隐形助推器说，"这开关有毛病……"

他们一起猛敲那个按钮。汽车消失了，但很快又闪闪烁烁地现了形。

"坐好！"罗恩喊了一声，猛踩油门，他们笔直射入低空棉絮状的云层里，一切都暗淡模糊起来。

"现在怎么办？"哈利问，从四面压过来的云块让他感到有些晃眼。

"我们需要看到火车才能知道往哪个方向走。"罗恩说。

"还是降下去——快——"

他们重新降到云层下面,扭过身体眯眼向地面搜寻。

"看到了!"哈利喊道,"就在前面——那儿!"

霍格沃茨特快列车像一条红蛇在他们下方疾驰。

"正北,"罗恩说着对了对仪表板上的罗盘,"好,只要每半小时下来看一眼就行了。坐好……"汽车急速钻入云层。一分钟后,他们就冲进了炫目的阳光里。

这是另一个世界。车轮掠着松软的云海飞行,在耀眼的白日映照下,天空一片明亮蔚蓝,无边无际。

"现在只要当心飞机就可以了。"罗恩说。

他们看着彼此大笑起来,好长时间都停不下来。

他们仿佛进入了一个神话般的梦境。哈利想,这无疑是最好的旅行方式:坐在一辆洒满阳光的汽车里,在旋涡状、塔林状的白云间穿行,仪表板下边有一大包太妃糖,还可以想象当他们神奇地从天而降、平稳地停在霍格沃茨城堡前的大草坪上时,弗雷德和乔治脸上嫉妒的表情。

他们一直朝北飞去,隔一段时间就核对一下火车行驶的方向,每次下降都可以看到一幅不同的景象。伦敦很快被远远地甩在后面,代替它的是平整的绿色田野,然后是广阔的紫色沼泽、一座座村庄,村里的教堂像是小孩子的玩具,接着是一个繁忙的大城市,无数车辆像密密麻麻的彩色蚂蚁。

第5章 打人柳

可是，几小时之后，哈利不得不承认一些乐趣在逐渐消失。太妃糖使他们口渴难当，又没有水喝。哈利和罗恩都脱掉了外衣，可他的T恤湿得贴在椅背上，眼镜老往鼻尖上滑。他已经无心欣赏那些云彩的奇幻形状，而是想念起数十英里之下的火车来，那里有胖胖的女巫推着小车叫卖冰镇南瓜汁。他们为什么没能进入$9\frac{3}{4}$站台呢？

"不会有多远了吧？"又过了几个小时，罗恩声音沙哑地说。太阳开始沉到云层之下，把云海染成一片粉红。"再下去看一眼火车好吗？"

火车还在他们下方，正蜿蜒绕过一座白雪覆盖的高山。在云层下面，天色要暗得多。

罗恩踩住油门，又向上升去，可是引擎开始发出哀鸣。

哈利和罗恩不安地面面相觑。

"也许它只是累了，"罗恩说，"它从来没走过这么远……"

随着天空越来越暗，哀鸣声也越来越响，他们都假装没有注意。夜幕中亮起了点点繁星，哈利穿上外衣，尽量装作没看见挡风玻璃上的雨刷在无力地摆动，好像是一种抗议。

"不远了，"罗恩不像是对哈利说，而像是对汽车说，"现在不远了。"他紧张地拍了拍仪表板。

过了一会儿，他们又飞到云层之下，眯起眼在黑暗中寻找一个熟悉的地面目标。

"那儿！"哈利喊道，把罗恩和海德薇都吓了一跳，"就在前面！"

在黑暗的地平线上，在湖对面高高的悬崖顶端，耸立着霍格沃茨城堡的角楼和塔楼的剪影。

可是汽车开始颤抖并逐渐减速。

"帮帮忙，"罗恩好言好语地哄劝着，并轻轻摇了摇方向盘，"差不多到了，帮帮忙……"

引擎呻吟着，引擎罩下喷出一股股蒸汽。他们朝湖上飞去时，哈利不禁攥紧了座椅边沿。

汽车剧烈地摇晃了一下。哈利瞥了一眼窗外，看见了一英里之下平静漆黑、光滑如镜的水面。罗恩握着方向盘的手指关节都发白了。汽车又摇晃起来。

"帮帮忙。"罗恩喃喃道。

他们飞过湖面……城堡就在前方……罗恩踩下油门。

哐啷一响，接着噼啪一声，引擎彻底熄火了。

"哎呀。"罗恩在一片寂静中说。

车头朝下一倾，他们开始坠落，速度越来越快，直朝着城堡的围墙撞去。

"不——！"罗恩大喊，拼命转动方向盘。汽车拐了一个大圆弧，擦墙而过，飞过黑乎乎的温室、菜地，飞到外面黑色的草坪上方，还在坠落。

第5章 打人柳

罗恩干脆放开方向盘,从背后的衣袋里拔出魔杖。

"**停下!停下!**"他抽打着仪表板和挡风玻璃高喊,可是他们还在快速下落,地面向他们扑来……

"**当心那棵树!**"哈利大叫,扑过去抓方向盘,可是太晚了——**咔啦啦**。

一阵金属与树木撞击的巨响,他们撞上了粗大的树干,落到地上,车身猛地一震。变了形的引擎盖下面冒出滚滚蒸汽;海德薇在惊恐地尖叫;哈利的头撞到了挡风玻璃上,鼓起一个高尔夫球那么大的肿包;罗恩在他右边绝望地低声呻吟。

"你没事吧?"哈利着急地问。

"我的魔杖,"罗恩声音颤抖着说,"看看我的魔杖。"

魔杖几乎断成了两截,上端耷拉下来,只有几丝木片连着。

哈利刚想说到了学校一定能把它修好,可是还没有来得及说出口,什么东西撞上了他这边的车身。那股力量大得像一头猛冲的公牛,把他撞得倒向罗恩,这时车顶又被同样重重地撞了一下。

"怎么回——?"

罗恩倒吸一口冷气,盯着挡风玻璃;哈利转过头,刚好看见一条像蟒蛇那么粗的树枝撞到玻璃上。是车子撞到的那棵树在袭击他们。树干弯成弓状,多节的树枝猛打着车身上它能够到的每一块地方。

"啊——!"罗恩叫道,又一根扭曲的粗枝把车门砸了一个大坑，无数手指关节般粗细的小树枝发动了雹子般的猛烈敲击，震得挡风玻璃瑟瑟颤抖，一根有攻城槌那么粗的树枝正在疯狂地捣着车顶，车顶好像凹陷下来了——

"快跑！"罗恩大喊一声，使出浑身力气推门。可是就在这时，另一根树枝给了他一记狠毒的上勾拳，把他打得跌倒在哈利的腿上。

"我们完了！"他看着车顶塌陷下来，呻吟道。可是车底突然震动起来——引擎重新发动了。

"倒车！"哈利大喊，汽车嗖地朝后退去。那棵树还想打他们，拼命用枝条朝迅速逃离的车子抽来。它弯着身子向前够着，几乎把树干都要撕裂了。他们能听见树根在嘎吱作响。

"妈呀，真悬哪。"罗恩气喘吁吁地说，"好样的，汽车。"

可是，汽车的忍耐已经到了极限。嘭嘭两声，车门弹开，哈利感到座椅朝旁边一歪，还没弄清是怎么回事，他已经趴在潮湿的土地上。重重的响声告诉他汽车把他们的行李也抛出来了。海德薇的笼子飞到空中，笼门开了；海德薇飞了出来，愤怒地高叫一声，头也不回地朝城堡飞去。然后，汽车坑坑洼洼，带着遍体的伤痕，冒着蒸汽，隆隆驶进黑暗中，尾灯还在愤怒地闪烁着。

"回来！"罗恩挥舞着破魔杖在它后面喊，"爸爸会杀了我的！"

可是汽车的排气管最后喷了一口气，消失在视线之外。

第5章 打人柳

"你能相信有这么倒霉的运气吗?"罗恩苦着脸说,俯身抱起他的老鼠斑斑,"那么多的树,咱们偏偏撞上了会打人的那棵。"

他回头看着那棵古树,树还在威胁地挥动着它的枝条。

"走吧,"哈利疲惫地说,"咱们最好进学校去……"

完全不是他们原先想象的胜利抵达,他们四肢僵硬,身上又冷又痛。两人抓起摔破的箱子,开始往草坡上拖,朝着那两扇橡木大门走去。

"我想宴会已经开始了。"罗恩把他的箱子丢在台阶脚下,悄悄走到一扇明亮的窗户前,向里面窥视,"嘿,哈利,快来看——在分院呢!"

哈利赶过去,和罗恩一起往大礼堂里看。

无数根蜡烛停在半空中,照着四张围满了人的长桌,照得那些金色的盘子和高脚杯闪闪发光。天花板上群星璀璨,这天花板是被施了魔法的,永远能够反映出外面的天空。

越过一片密密麻麻的黑色尖顶霍格沃茨帽,哈利看到新生们排着长队提心吊胆地走进礼堂。金妮也在其中,她那头韦斯莱家特有的红发十分显眼。与此同时,戴着眼镜、头发紧紧地束成一个小圆髻的麦格教授,把那顶著名的霍格沃茨分院帽放在新生面前的凳子上。

每年,这顶打着补丁、又脏又破的旧帽子把新生分到霍格沃茨的四个学院(格兰芬多、赫奇帕奇、拉文克劳和斯莱特林)。

哈利清楚地记得一年前他戴上这顶帽子时的情形：他惶恐地听着帽子在耳边嘀嘀咕咕，等待帽子做出决定。有几秒钟，他恐惧地以为帽子要把他分到斯莱特林，这个学院出的黑巫师比其他学院都多——可后来他被分到了格兰芬多，和罗恩、赫敏以及韦斯莱兄弟在一起。上学期，哈利和罗恩为格兰芬多赢得了学院杯冠军，这是他们学院七年来第一次打败斯莱特林。

一个非常瘦小的灰头发男孩被叫到前面，戴上了分院帽。哈利的目光移到了坐在教工席上观看分院仪式的邓布利多校长身上，他银白的长须和半月形的眼镜在烛光下闪闪发亮。再过去几个座位，哈利看到了穿一身水绿色长袍的吉德罗·洛哈特。最顶头坐着身材庞大、须发浓密的海格，正举着杯子大口地喝酒。

"等等……"哈利低声对罗恩说，"教工席上有一个位子空着……斯内普哪儿去了？"

西弗勒斯·斯内普教授是哈利最不喜欢的老师，而哈利碰巧又是斯内普最不喜欢的学生。斯内普为人残忍刻薄，除了他自己学院（斯莱特林）的学生以外，大家都不喜欢他。他教授的是魔药学。

"也许他病了！"罗恩满怀希望地说。

"也许他走了，"哈利说，"因为他又没当上黑魔法防御术课教师！"

"也许他被解雇了！"罗恩兴奋地说，"你想，所有的人都

第5章 打人柳

恨他——"

"也许,"一个冰冷的声音在他们背后说,"他在等着听你们两个说说为什么没坐校车来。"

哈利一转身,西弗勒斯·斯内普就站在眼前,黑袍子在凉风中抖动着。他身材枯瘦,皮肤灰黄,长着一个鹰钩鼻,油油的黑发披到肩上。此刻他脸上的那种笑容告诉哈利,他和罗恩的处境非常不妙。

"跟我来。"斯内普说。

哈利和罗恩都不敢看斯内普,跟着他登上台阶,走进点着火把的空旷而有回声的门厅。从大礼堂飘来了食物的香味,可是斯内普带着他们离开了温暖和光明,沿着狭窄的石梯下到了地下教室里。

"进去!"他打开阴冷的走廊上的一扇房门,指着里面说道。

他们哆嗦着走进斯内普的办公室。四壁昏暗,沿墙的架子上摆着许多大玻璃罐,罐里浮着各种令人恶心的东西,哈利此刻并不想知道它们的名字。壁炉空着,黑洞洞的。斯内普关上门,转身看着他们俩。

"啊,"他轻声说,"著名的哈利·波特和他的好伙伴韦斯莱嫌火车不够过瘾,想玩个刺激的,是不是?"

"不,先生,是国王十字车站的隔墙,它——"

"安静!"斯内普冷冷地说,"你们对汽车做了什么?"

罗恩张口结舌。斯内普又一次让哈利感到他能看穿别人的心思。可是不一会儿疑团就解开了，斯内普展开了当天的《预言家晚报》。

"你们被人看见了。"他无情地说，并把报上的标题给他们看：**福特安格里亚车会飞，麻瓜大为惊诧**。他高声念道："伦敦两名麻瓜确信他们看到了一辆旧轿车飞过邮局大楼……中午在诺福克，赫蒂·贝利斯夫人晒衣服时……皮伯斯的安格斯·弗利特先生向警察报告……一共有六七个麻瓜。我记得你父亲是在禁止滥用麻瓜物品办公室工作吧？"他抬眼看着罗恩，笑得更加阴险，"哎呀呀……他自己的儿子……"

哈利感到肚子好像被那棵疯树的大枝猛抽了一下。要是有人发现韦斯莱先生对汽车施了魔法……他没有想过这一点……

"我在检查花园时发现，一棵非常珍贵的打人柳似乎受到了很大的损害。"斯内普继续说。

"那棵树对我们的损害比——"罗恩冲口而出。

"安静！"斯内普再次厉声呵斥，"真可惜，你们不是我学院的学生，我无权做出开除你们的决定。我去把真正拥有这个愉快特权的人找来。你们在这儿等着。"

哈利和罗恩脸色苍白地对望着。哈利不再觉得饿了，他感到非常不舒服，尽量不去看斯内普桌后架子上那个悬浮在绿色液体里的黏糊糊的大东西。如果斯内普把麦格教授找来，也好不到哪

第5章 打人柳

儿去。麦格教授可能比斯内普公正一点儿,可是同样严厉得要命。

十分钟后,斯内普回来了,旁边果然跟着麦格教授。哈利以前看见麦格教授发过几回火,可他也许是忘了她发火时嘴唇抿得有多紧,也许是从没见过她像现在这样生气。总之,麦格教授的模样令哈利觉得陌生。她一进屋就举起了魔杖,哈利和罗恩都退缩了一下,可她只是点了一下空空的壁炉,炉里立即燃起了火苗。

"坐。"她说,他们俩都退到炉边的椅子上。

"解释吧。"她的眼镜片不祥地闪烁着。

罗恩急忙讲起来,从车站的隔墙不让他们通过说起。

"……我们没有别的办法,教授,我们上不了火车。"

"为什么不派猫头鹰送信给我们呢?我相信你是有一只猫头鹰的吧?"麦格教授冷冷地对哈利说。

哈利张口结舌。经她一提,用猫头鹰送信好像是很容易想到的办法。

"我……我没想……"

"这是显而易见的。"麦格教授说。

有人敲门,斯内普过去开门,脸上的表情更加愉快了。门外站着他们的校长,邓布利多教授。

哈利全身都麻木了。邓布利多的表情异常严肃,目光顺着他歪扭的鼻梁朝下看着他们。哈利突然希望他和罗恩还在那里遭受打人柳的殴打。

长久的沉默。然后邓布利多说:"请解释你们为什么要这么做。"

他要是大声嚷嚷还好一些,哈利真怕听到他那种失望的语气。不知为什么,他不能正视邓布利多的眼睛,只好对着他的膝盖说话。他把一切都告诉了邓布利多,只是没提那辆车是韦斯莱先生的,好像他和罗恩是碰巧发现了车站外有一辆会飞的汽车。他知道邓布利多一眼就会看穿,但邓布利多没有问汽车的问题。哈利讲完后,他只是继续透过眼镜盯着他们。

"我们去拿东西。"罗恩绝望地说。

"你在说什么,韦斯莱?"麦格教授喊道。

"我们被开除了,是不是?"罗恩说。

哈利赶紧去看邓布利多。

"今天没有,韦斯莱先生,"邓布利多说,"但我必须让你们感受到自己行为的严重性,我今晚就给你们家里写信。我还必须警告你们,要是再有这样的行为,我就只能开除你们了。"

斯内普的表情,就好像是听说圣诞节被取消了一样。他清了清喉咙,说:"邓布利多教授,这两个学生无视《对未成年巫师加以合理约束法》,对一棵珍贵的古树造成了严重的损害……这种性质的行为当然……"

"让麦格教授来决定对这两个学生的惩罚,西弗勒斯,"邓布利多平静地说,"他们是她学院里的学生,应当由她负责。"他转

第5章 打人柳

向麦格教授,"我必须回到宴会上去了,米勒娃,我要宣布几个通知。来吧,西弗勒斯,有一种蛋奶果馅饼看上去很不错,我想尝一尝。"

斯内普恶狠狠地瞪了哈利和罗恩一眼,被拉出了办公室。屋里只剩下他们两个和麦格教授。她仍然像愤怒的老鹰一样盯着他们。

"你最好去趟学校医院,韦斯莱,你在流血。"

"没什么。"罗恩赶紧用衣袖擦擦眼睛上的伤口,"教授,我想看看我妹妹的分院——"

"分院仪式已经结束了。"麦格教授说,"你妹妹也在格兰芬多。"

"哦,太好了。"罗恩说。

"提起格兰芬多——"麦格教授严厉地说,可哈利插了进来:"教授,我们坐上汽车的时候还没有开学,所以——所以不应该给格兰芬多扣分,对不对?"他说完后,急切地看着她。

麦格教授严厉地看了他一眼,可是他认为麦格教授似乎有了点笑容。反正,她的嘴唇不再抿得那么紧了。

"我不会给格兰芬多扣分的。"她说,哈利心里轻松了许多,"但你们要被关禁闭。"

这比哈利预料的好多了。至于邓布利多写信给德思礼夫妇,那完全没有关系。哈利知道他们只会遗憾打人柳没有把他打扁。

麦格教授又举起魔杖,朝斯内普的桌子一指,桌上出现了一大盘三明治、两只银杯子和一壶冰镇南瓜汁。

"你们就在这里吃，然后直接回宿舍。"她说，"我也必须回宴会上去了。"

门关上后，罗恩轻轻地吹了一声长长的口哨。

"我以为我们要倒霉了。"他抓起一块三明治说。

"我也是。"哈利也抓了一块。

"可你能相信我们的运气这么背吗？"罗恩嘴里塞满了鸡肉和火腿，含混不清地说，"弗雷德和乔治肯定坐着那车飞过五六次了，可没有一个麻瓜看见他们。"他把嘴里的食物咽下去，又咬了一大口，"我们为什么过不了那隔墙？"

哈利耸耸肩。"不过，以后可得注意一点儿了，"他轻松地痛饮了一口南瓜汁说，"真希望能到宴会上去……"

"麦格教授不想让我们去炫耀，"罗恩明智地说，"不想让别人觉得，开一辆会飞的汽车来上学是一件很光彩的事。"

他们吃到肚皮里实在装不下了（盘里的三明治一吃掉马上会自动添满），然后离开办公室，踏着熟悉的小径走向格兰芬多塔楼。城堡里静悄悄的，宴会好像结束了。他们走过自言自语的肖像和嘎吱作响的盔甲，爬上一段窄窄的石阶，来到了通向格兰芬多塔楼的秘密入口的走廊里，那个入口藏在一幅油画后面，画上有一位穿着粉红色绸衣的胖夫人。

"口令？"他们走近时，胖夫人问。

第5章 打人柳

"哦——"哈利答不上来。

他们还没有碰到一位格兰芬多的级长,所以不知道新学年的口令,但救星几乎马上就到了。他们听见身后有急促的脚步声,回头一看,是赫敏在朝他们奔来。

"你们俩在这儿!你们上哪儿去了?大家都在纷纷议论,说法可荒唐了——有人说你们开着辆会飞的汽车出了事,被学校开除了。"

"我们没被开除。"哈利安慰她说。

"你难道是说你们真的是飞来的?"赫敏的口气几乎和麦格教授一样严厉。

"别给我们上课了,"罗恩不耐烦地说,"把口令告诉我们吧。"

"口令是'食蜜鸟',"赫敏不耐烦地说,"可问题不在这儿——"

但是她的话被打断了,胖夫人的肖像应声旋开,里面爆发出一阵雷鸣般的掌声。好像格兰芬多学院的同学们都还没睡,全挤在圆形的公共休息室里,站在瘸腿的桌子和松垮的扶手椅上等着他们。好多双手从洞口伸出来,把哈利和罗恩拉了进去,赫敏只好自己爬了进去。

"太妙了!"李·乔丹高呼,"真了不起!多精彩的方式!开着会飞的汽车撞到打人柳上,会被人议论很多年的!"

"好样的。"一个从来没和哈利讲过话的五年级学生说;有人拍着哈利的后背,好像他刚获得了马拉松第一名似的。弗雷德和乔治挤到跟前,一起问:"为什么不把我们叫回去呢?"罗恩满面通红，难为情地笑着，但哈利看得出有一个人满脸不高兴。珀西站在一些兴奋的新生身后，似乎正要挤过来数落他们。哈利捅了捅罗恩的肋部，把头朝珀西那边一点，罗恩立刻会意。

"要上楼去了——有点儿累。"他说。两人朝房间另一头的门口挤去，门外有螺旋形楼梯通到他们的卧室。

"晚安。"哈利回头对赫敏喊道，她和珀西一样绷着脸。

他们终于挤到了休息室的另一头，这时还有人在拍着他们的后背。门外是僻静的楼梯，两人一口气跑上楼，来到他们以前的宿舍门前，门上现在有一块牌子写着二年级。他们走进熟悉的圆形房间，重新看到了那五张装饰着红天鹅绒的四柱床，以及那几扇又高又窄的窗子。他们的箱子已经搬上来了，就放在床头。

罗恩惭愧地朝哈利笑着。

"我知道我不应该感到得意，可是——"

宿舍门一下子开了，另外几个格兰芬多的二年级男生冲了进来，他们是西莫·斐尼甘、迪安·托马斯和纳威·隆巴顿。

"真不敢相信！"西莫眉开眼笑。

"酷。"迪安说。

"太惊人了。"纳威敬佩地说。

哈利再也忍不住，他也笑了。

第 6 章

吉德罗·洛哈特

可是第二天,哈利几乎一整天都没露过笑容。从早晨在大礼堂吃早饭起,境况就开始走下坡路了。在施了魔法的天花板(今天是阴天的灰色)下面,四个学院的长桌上摆着一碗碗粥、一盘盘腌鲱鱼、堆成小山的面包片和一碟碟鸡蛋和熏咸肉。哈利和罗恩在格兰芬多的桌子前坐下,旁边是赫敏,她的《与吸血鬼同船旅行》摊开搁在一个牛奶壶上。她说"早上好"时有一点生硬,哈利知道她仍然对他们来校的方式怀有不满。纳威·隆巴顿却兴高采烈地和他们打了个招呼。纳威是一个老爱出事故的圆脸男孩,哈利从没见过记性像他这么差的人。

"邮差马上就要到了——我想奶奶会把几样我忘带的东西寄来的。"

哈利刚开始喝粥,果然听见头顶上乱哄哄的。上百只猫头鹰拥了进来，在礼堂里盘旋，把信和包裹丢到正在交谈的人群中。一个鼓鼓囊囊的大包裹掉到纳威的头上，紧接着又有一个灰乎乎的大家伙落进了赫敏的壶里，牛奶和羽毛顿时溅了他们一身。

"埃罗尔！"罗恩喊道，提着那只湿漉漉的猫头鹰的爪子把它拉了出来。埃罗尔瘫在桌上，两条腿伸在空中，嘴里还叼着一个打湿了的红信封。

"哦，不——"罗恩失声叫道。

"没事的，它还活着。"赫敏说，轻轻用指尖戳了戳埃罗尔。

"不——是那个。"

罗恩指着红信封。那信封在哈利看来很平常，可是罗恩和纳威却好像觉得它会爆炸似的。

"怎么啦？"哈利问道。

"她——妈妈给我寄了一封吼叫信。"罗恩有气无力地说。

"你最好打开它，罗恩，"纳威害羞地小声说，"不打开更糟糕。奶奶给我寄过一回，我没理它，结果——"他吸了口气，"太可怕了。"

哈利看看他们惊恐的神色，又望望那个红信封。

"什么是吼叫信？"他问。

可是罗恩的注意力全都集中在信上，信封的四角已经开始冒烟。

"快打开，"纳威催促着，"只有几分钟……"

第6章 吉德罗·洛哈特

罗恩伸出颤抖的手，小心翼翼地从埃罗尔嘴里取出那个信封，把它撕开。纳威用手指堵住了耳朵，哈利马上就知道为什么了。一开始他以为是爆炸了，巨大的响声充满整个礼堂，把天花板上的灰尘都震落了下来。

"……偷了汽车，他们要是开除了你，我一点儿都不会奇怪，看我到时候怎么收拾你。你大概压根儿就没想过，我和你爸爸发现车子没了时是什么心情……"

是韦斯莱夫人的喊声，比平常响一百倍，震得桌上的盘子和勺子格格作响，四面石墙的回声震耳欲聋。全礼堂的人都转过身来看是谁收到了吼叫信，罗恩缩在椅子上，只能看到一个通红的额头。

"昨晚收到邓布利多的信，你爸爸羞愧得差一点儿死掉。我们辛辛苦苦把你拉扯大，没想到你会做出这样的事，你和哈利差一点儿丢了小命……"

哈利一直在听着他的名字什么时候冒出来。他竭力装作没听见那撞击耳鼓的声音。

"……太气人了，你爸爸将在单位受到审查，这都是你的错。你要是再不循规蹈矩，我们马上把你领回来！"

吼声停止了，声音还在耳边嗡嗡作响。已从罗恩手中掉到地上的红信封燃烧起来，卷曲着变成了灰烬。哈利和罗恩呆呆地坐着，好像刚被海潮冲刷过一样。有几个人笑了笑，说话声又渐渐响起。

赫敏合上《与吸血鬼同船旅行》，低头看着罗恩的脑袋。

"嗯，难道你还指望会是别的什么吗，罗恩，要知道你——"

"别对我说我是活该。"罗恩没好气地说。

哈利推开粥碗，内疚得吃不下去。韦斯莱先生要接受审查了，暑假里他们夫妇对他那么好……

然而他没有时间多想，麦格教授在沿着格兰芬多的桌子发课程表。哈利拿到了自己的那份，第一节是草药课，和赫奇帕奇的学生们一起上。

哈利、罗恩和赫敏一同出了城堡，穿过菜地向温室走去，那里培育着各种有魔力的植物。吼叫信至少做了一件好事：赫敏似乎觉得他们已经受到了足够的惩罚，现在她又像从前那样友好了。

他们走近温室，看到其他同学都站在外面，等着斯普劳特教授。哈利、罗恩和赫敏刚加入进去，就看见斯普劳特教授大步从草坪上走来，身边跟着吉德罗·洛哈特。斯普劳特教授的手臂上搭着很多绷带，哈利远远望见那棵打人柳的几根树枝用绷带吊着，心中又是一阵歉疚。

斯普劳特教授是一位矮墩墩的女巫，飘拂的头发上扣了一顶打着补丁的帽子，衣服上总沾着不少泥土，若是佩妮姨妈看见她的指甲，准会晕过去。吉德罗·洛哈特却是从头到脚一尘不染，穿着飘逸的青绿色长袍，闪光的金发上端端正正地戴着一顶青绿

第6章 吉德罗·洛哈特

色带金边的礼帽。

"哦,你们好!"洛哈特满面春风地朝学生们喊道,"刚才给斯普劳特教授示范了一下怎样给打人柳治伤!但我不希望你们以为我在草药学方面比她在行!我只不过是旅行中碰巧见过几棵这种奇异的植物……"

"今天到第三温室!"斯普劳特教授说。她明显地面带愠色,一反往常愉快的风度。

学生们很感兴趣地小声议论着。他们只进过第一温室——第三温室里的植物更有趣,也更危险。斯普劳特教授从腰带上取下一把大钥匙,把门打开了。哈利闻到一股潮湿的泥土和肥料的气味,其中夹杂着浓郁的花香。那些花有雨伞那么大,从天花板上垂挂下来。他正要跟着罗恩和赫敏一起进去,洛哈特一把拦住了他。

"哈利!我一直想跟你谈谈——斯普劳特教授,他迟到两分钟您不会介意吧?"

从斯普劳特教授的脸色看,她是介意的。可是洛哈特说:"那太好了。"就对着她把温室的门关上了。

"哈利,"洛哈特摇着头,洁白的大牙齿在阳光下闪闪发亮,"哈利呀,哈利呀,哈利。"

哈利完全摸不着头脑,没有搭腔。

"当我听说——哦,当然,这都是我的错。我真想踢自己几脚。"

哈利不知道他在说什么。他正要表示疑问，洛哈特又接下去说："我从来没有这么吃惊过。开汽车飞到霍格沃茨！当然，我马上就知道你为什么这么做了，一目了然。哈利呀，哈利呀，哈利。"

真奇怪，他不说话的时候居然也能露出每一颗晶亮的牙齿。

"我让你尝到了出名的滋味，是不是？"洛哈特说，"使你上了瘾。你和我一起上了报纸头版，就迫不及待地想再来一次。"

"哦——不是的，教授，我——"

"哈利呀，哈利呀，哈利，"洛哈特伸手抓住他的肩膀，"我理解，尝过一回就想第二回，这是很自然的——就怪我让你尝到了甜头，这必然会冲昏你的头脑——但是，年轻人，你不能现在就开车在天上飞，企图引起人们的注意。冷静下来，好吗？等你长大以后有的是时间。是啊，是啊，我知道你在想什么！'他说得倒轻巧，他反正已经是国际知名的大巫师了！'可是我十二岁的时候，和你现在一样平凡。实际上，应该说比你还要平凡。我是说，已经有一些人知道你了，对不对？以及跟那个'连名字都不能提的人'有关的事情！"他看了一眼哈利额上那道闪电形伤疤，"我知道，我知道，这比不上连续五次荣获《女巫周刊》最迷人微笑奖来得风光，但是个开始，哈利，是个开始。"

他亲切地朝哈利眨了眨眼，迈着方步走开了。哈利呆立了几分钟，然后想起应该到温室去，就推门悄悄溜了进去。

斯普劳特教授站在温室中间的一张搁凳后面。凳子上放着

第6章 吉德罗·洛哈特

二十来副颜色不一的耳套。哈利在罗恩和赫敏旁边坐下时,她说:"我们今天要给曼德拉草换盆。现在,谁能告诉我曼德拉草有什么特性?"

赫敏第一个举起了手,这是在大家意料之中的。

"曼德拉草,又叫曼德拉草根,是一种强效恢复剂,"赫敏好像把课本吃进了肚里似的,非常自然地说,"用于把被变形的人或中了魔咒的人恢复到原来的状态。"

"非常好,给格兰芬多加十分。"斯普劳特教授说,"曼德拉草是大多数解药的重要组成部分。但是它也很危险。谁能告诉我为什么吗?"

赫敏的手又唰地举了起来,差一点儿打掉哈利的眼镜。

"听到曼德拉草的哭声会使人丧命。"她脱口而出。

"完全正确,再加十分。"斯普劳特教授说,"大家看,我们这里的曼德拉草还很幼小。"

她指着一排深底的盘子说。每个人都往前凑,想看得清楚一些。那儿排列着大约一百株绿中带紫的幼苗。哈利觉得它们没什么特别的,他根本不知道赫敏说的曼德拉草的"哭声"是什么意思。

"每人拿一副耳套。"斯普劳特教授说。

大家一阵哄抢,谁都不想拿到一副粉红色的绒毛耳套。

"我叫你们戴上耳套时,一定要把耳朵严严地盖上,"斯普劳特教授说,"等到可以安全摘下耳套时,我会竖起两根拇指。好——

戴上耳套。"

哈利迅速照办，外面的声音一下子都听不见了。斯普劳特教授自己戴上一副粉红色的绒毛耳套，卷起袖子，牢牢抓住一丛草叶，使劲把它拔起。

哈利发出一声没有人听得到的惊叫。

从土中拔出的不是草根，而是一个非常难看的婴儿，叶子就生在它的头上。婴儿的皮肤是浅绿色的，上面斑斑点点。这小家伙显然在扯着嗓子大喊大叫。

斯普劳特教授从桌子底下拿出一只大花盆，把曼德拉草娃娃塞了进去，用潮湿的深色堆肥把它埋住，最后只有丛生的叶子露在外面。她拍拍手上的泥，朝他们竖起两根大拇指，然后摘掉了自己的耳套。

"我们的曼德拉草还只是幼苗，听到它们的哭声不会致命。"她平静地说，好像她刚才只是给秋海棠浇了浇水那么平常，"但是，它们会使你昏迷几个小时，我想你们谁都不想错过开学的第一天，所以大家干活时一定要戴好耳套。等到该收拾的时候，我会设法引起你们注意的。"

"四个人一盘——这儿有很多花盆——堆肥在那边的袋子里——当心毒触手，它正长牙呢。"

她在一棵长着尖刺的深红色植物上猛拍了一下，使它缩回了悄悄伸向她肩头的触手。

第6章 吉德罗·洛哈特

哈利、罗恩、赫敏和一个满头鬈发的赫奇帕奇男生站在一个盘子旁,哈利觉得他眼熟,但从来没有跟他说过话。

"我叫贾斯廷·芬列里,"男生欢快地说,使劲摇着哈利的手,"当然认识你,著名的哈利·波特……你是赫敏·格兰杰——永远是第一……"(赫敏的手也被摇了一气,她甜甜地笑了。)"还有罗恩·韦斯莱,那辆飞车是你的吧?"

罗恩没有笑,显然还在想着那封吼叫信。

"那个叫什么洛哈特的,"他们开始往花盆里装火龙粪堆肥时,贾斯廷兴致勃勃地说,"真是个勇敢的人。你们看了他的书没有?我要是被一个狼人堵在电话亭里,早就吓死了,他却那么镇静——啧啧——真了不起。

"我本来是要上伊顿公学的,但后来上了这里,我别提多高兴了。当然,我妈妈有点失望,可是我让她读了洛哈特的书之后,我想她已经开始明白家里有个受过专业训练的巫师多么有用……"

此后就没有多少机会交谈了。他们重新戴上了耳套,而且得集中精力对付曼德拉草。刚才看斯普劳特教授做起来特别轻松,其实根本不是那么回事。曼德拉草不愿意被人从土里拔出来,可是好像也不愿意回去。它们扭动着身体,两脚乱蹬,挥着尖尖的小拳头,咬牙切齿。哈利花了整整十分钟才把一个特别胖的娃娃塞进盆里。

到下课时，哈利和其他同学一样满头大汗，腰酸背疼，身上沾满泥土。他们疲惫地走回城堡冲了个澡，然后格兰芬多的学生就匆匆赶去上变形课了。

麦格教授的课总是很难，而今天是格外地难。哈利去年学的功课好像都在暑假期间从脑子里漏出去了。老师要他把一只甲虫变成纽扣，可是他费了半天的劲，只是让那甲虫锻炼了身体，甲虫躲着魔杖满桌乱跑，他怎么也点不准。

罗恩更倒霉，他借了一些魔法胶带把魔杖修补了一下，但好像是修不好了，不时地噼啪作响，发出火花。每次罗恩试图使甲虫变形时，立刻便有一股灰色的、带臭鸡蛋味的浓烟把他包围。他看不清东西，胳膊肘胡乱一动，把甲虫给压扁了，只好再去要一只，麦格教授不大高兴。

听到午饭的铃声，哈利如释重负，他的大脑像是一块拧干的海绵。大家纷纷走出教室，只剩下他和罗恩。罗恩气急败坏地用魔杖敲着桌子。

"笨蛋……没用的……东西……"

"写信回家再要一根。"哈利建议说。那根魔杖发出一连串爆竹般的脆响。

"是啊，再收到一封吼叫信，"罗恩说着，把开始嘶嘶作响的魔杖塞进书包，"你魔杖断了全怪你自己——"

两人去礼堂吃午饭，赫敏给他们看了她在变形课上用甲虫变

第6章 吉德罗·洛哈特

的一把漂亮的纽扣,罗恩的情绪还不见好转。

"下午上什么课?"哈利连忙转换话题。

"黑魔法防御术。"赫敏马上说。

"咦,"罗恩抓过她的课程表,惊讶地说,"你为什么把洛哈特的课都用心形圈出来呢?"

赫敏一把夺回课程表,气恼地涨红了脸。

他们吃完饭,走到阴云笼罩的院子里。赫敏坐下来,又埋头读起了《与吸血鬼同船旅行》。哈利和罗恩站着聊了一会儿魁地奇,后来哈利感到有人在密切地注视他。他抬起头,看到昨晚分院仪式上那个非常瘦小的灰头发小男孩正着了魔似的盯着自己。那男孩手里攥着一个东西,很像是普通的麻瓜照相机。哈利一看他,男孩的脸立刻变得通红。

"你好,哈利?我——我叫科林·克里维。"他呼吸急促地说,怯怯地向前走了一步,"我也在格兰芬多。你认为——可不可以——我能给你拍张照吗?"他一脸期望地举起了相机。

"照相?"哈利茫然地问。

"这样我可以证明见到你了。"科林热切地说,又往前挪了几步,"我知道你的一切。每个人都跟我说过。你怎样逃过了神秘人的毒手,他怎样消失了等等,你额头上现在还有一道闪电形伤疤。"(他的目光在哈利的发际搜寻。)"我宿舍的一个男孩说,如果我用了正确的显影药水,照片上的人就会动。"科林深吸了一口气，兴奋得微微颤抖，"这儿真有意思，是不是？在收到霍格沃茨的信以前，我一直不知道我会做的那些奇怪的事就是魔法。我爸爸是送牛奶的，他也不能相信。所以我要拍一大堆照片寄给他看。要是能有一张你的照片——"他乞求地看着哈利，"——也许我可以站在你旁边，请你的朋友帮着按一下？然后，你能不能签一个名？"

"签名照片？你在送签名照片，波特？"

德拉科·马尔福响亮尖刻的声音在院子里回荡。他停在科林的身后，身旁是他的两个凶神恶煞般的大块头死党：克拉布和高尔。在霍格沃茨，这两人总是保镖似的跟在他左右。

"大家排好队！"马尔福朝人群嚷道，"哈利·波特要发签名照片喽！"

"没有，我没有。"哈利气愤地说，攥紧了拳头，"闭嘴，马尔福。"

"你是嫉妒。"科林尖声地说，他的整个身体只有克拉布的脖子那么粗。

"嫉妒？"马尔福说。他不需要再嚷嚷了，院子里的人半数都在听着。"嫉妒什么？我可不想头上有一道丑陋的伤疤，谢谢。我不认为脑袋被切开就会使人变得那么特殊。我不信！"

克拉布和高尔傻笑起来。

"吃鼻涕虫去吧，马尔福。"罗恩生气地说。克拉布不笑了，开始恶狠狠地揉着他那板栗似的指关节。

第6章 吉德罗·洛哈特

"小心点，韦斯莱，"马尔福讥笑道，"你可不要再惹麻烦了，不然你妈妈就只好来把你带回去了。"他装出一副尖厉刺耳的声音，"要是你再不循规蹈矩——"

旁边一群斯莱特林的五年级学生大声哄笑起来。

"韦斯莱想要一张签名照片，波特，"马尔福得意地笑着，"这比他家的房子还值钱呢。"

罗恩拔出他那用胶带粘过的魔杖，但赫敏合上《与吸血鬼同船旅行》，低声说："当心！"

"怎么回事？怎么回事？"吉德罗·洛哈特大步向他们走来，青绿色长袍在身后飘拂着，"谁在发签名照片？"

哈利张口解释，可是洛哈特用一只胳膊钩住他的肩膀，快活地大声说："不用问！我们又见面了，哈利！"

哈利被夹在洛哈特身旁，羞辱得浑身发烧。他看见马尔福得意地退回到人群中。

"来吧，克里维先生，"洛哈特笑容可掬地招呼克里维说，"双人照，再合算不过了，我们两人给你签名。"

科林笨手笨脚地端起照相机，在下午的上课铃声中按下了快门。

"走吧，快上课去。"洛哈特朝人群喊道，然后带着哈利走向城堡。哈利仍被他紧紧地夹着，他真希望自己知道一个巧妙的消失咒。

"一句忠告,哈利,"他们从边门走进城堡时,洛哈特像父亲一般说道,"我在小克里维面前给你打了掩护——要是他拍的是我们两个人,同学们就不会觉得你太自高自大了……"

洛哈特根本不听哈利结结巴巴的辩白,夹着他走过一条站满学生的走廊,登上楼梯。那些学生都瞪眼看着他们。

"听我说,你现在这个阶段就发签名照片是不明智的——哈利,说实话,这显得有点骄傲自大。将来有一天,你会像我这样,到哪儿都需要带着一沓照片。可是——"他轻笑了一声,"我觉得你还没到那个时候。"

到了洛哈特的教室,他终于放开了哈利。哈利把衣服扯平,走到最后排的一个位子坐下来,忙着把七本洛哈特的书堆在面前,免得看见那个真人。

其他同学叽叽喳喳地聊着天走进教室,罗恩和赫敏在哈利两边坐了下来。

"你脸上可以煎鸡蛋了,"罗恩说,"你最好祈祷别让克里维遇见金妮,他们俩会发起成立一个哈利·波特迷俱乐部的。"

"别瞎说。"哈利急道。他生怕洛哈特听到"哈利·波特迷俱乐部"这个说法。

全班同学坐好后,洛哈特大声清了清嗓子,让大家安静下来。他伸手拿起纳威·隆巴顿的《与巨怪同行》举在手里,展示着封面上他本人眨着眼睛的照片。

第6章 吉德罗·洛哈特

"我,"他指着自己的照片,也眨着眼睛说,"吉德罗·洛哈特,梅林爵士团三级勋章,黑魔法防御联盟荣誉会员,五次荣获《女巫周刊》最迷人微笑奖——但我不把那个挂在嘴上,我不是靠微笑驱除班登的女鬼的!"

他等着大家发笑,有几个人淡淡地微笑了一下。

"我看到你们都买了我的全套著作——很好。我想我们今天就先来做个小测验。不要害怕——只是看看你们读得怎么样,领会了多少……"

他发完卷子,回到讲台上说:"给你们三十分钟。现在——开始!"

哈利看着卷子,念道:

1.吉德罗·洛哈特最喜欢什么颜色?
2.吉德罗·洛哈特的秘密抱负是什么?
3.你认为吉德罗·洛哈特迄今为止最大的成就是什么?

如此等等,整整三面纸,最后一题是:

54.吉德罗·洛哈特的生日是哪一天?他理想的生日礼物是什么?

半小时后，洛哈特把试卷收上去，当着全班同学翻看着。

"啧啧——几乎没有人记得我最喜欢丁香色。我在《与西藏雪人在一起的一年》里面提到过。有几个同学要再仔细读读《与狼人一起流浪》——我在书中第十二章明确讲过我理想的生日礼物是一切会魔法和不会魔法的人和睦相处——不过我也不会拒绝一大瓶奥格登陈年火焰威士忌！"

他又朝同学们调皮地眨了眨眼。罗恩现在带着难以置信的神情瞅着他，前面的西莫·斐尼甘和迪安·托马斯不出声地笑得浑身发颤，赫敏却全神贯注地聆听着，洛哈特突然提到了她的名字，把她吓了一跳。

"……可是赫敏·格兰杰小姐知道我的秘密抱负是消除世上的邪恶，以及销售我自己的系列护发水——好姑娘！事实上——"他把她的卷子翻过来，"一百分！赫敏·格兰杰小姐在哪儿？"

赫敏举起一只颤抖的手。

"好极了！"洛哈特笑着说，"非常好！给格兰芬多加十分！现在，言归正传……"

他弯腰从讲台后拎出一只蒙着罩布的大笼子，放到桌上。

"现在——要当心！我的任务是教你们抵御魔法界所知的最邪恶的东西！你们在这间教室里会面对最恐怖的事物。但是记住，只要我在这儿，你们就不会受到任何伤害。我只要求你们保持镇静。"

第6章 吉德罗·洛哈特

哈利不由自主地从一堆书后面探出头来,想好好看看那个笼子。洛哈特把一只手放在罩子上,迪安和西莫停止了发笑,第一排的纳威往后缩了缩。

"我必须请你们不要尖叫,"洛哈特压低声音说,"那会激怒它们的!"

全班同学屏住呼吸,洛哈特掀开了罩子。

"不错,"他演戏似的说,"刚抓到的康沃尔郡小精灵。"

西莫·斐尼甘忍不住发出了一声嗤笑,就连洛哈特也不可能把它当成惊恐的尖叫。

"怎么?"他微笑着问西莫。

"嗯,它们并不——它们不是非常——危险,对吗?"西莫笑得喘不过气来。

"不要这样肯定!"洛哈特恼火地朝他摇着指头说,"它们也可能是和魔鬼一样狡猾的小破坏者!"

这些小精灵是亮蓝色的,大约八英寸高,小尖脸,嗓子非常尖厉刺耳,就像是许多虎皮鹦鹉在争吵一样。罩子一拿开,它们就开始叽叽喳喳,上蹿下跳,摇晃着笼栅,朝近旁的人做着各种古怪的鬼脸。

"好吧,"洛哈特高声说,"看看你们怎么对付它们!"他打开了笼门。

这下可乱了套。小精灵像火箭一样四处乱飞。其中两个揪住纳威的耳朵把他拎了起来。还有几个直接冲出窗外，在教室后排撒了一地碎玻璃。剩下的在教室里大肆搞起了破坏，比一头横冲直撞的犀牛还要厉害。它们抓起墨水瓶朝全班乱泼，把书和纸撕成碎片，扯下墙上贴的图画，把废物箱掀了个底朝天，又把书包和课本从破窗户扔了出去。几分钟后，全班同学有一半躲到了桌子底下，纳威在枝形吊灯上荡着。

"来来，把它们赶拢，把它们赶拢，它们不过是一些小精灵……"洛哈特喊道。

他卷起衣袖，挥舞着魔杖吼道："佩斯奇皮克西　佩斯特诺米！"

全然无效，一个小精灵抓住洛哈特的魔杖，把它也扔出了窗外。洛哈特倒吸一口气，钻到了讲台桌下面，差一点儿被纳威砸着，因为几乎是在同一秒钟，枝形吊灯吃不住劲儿掉了下来。

下课铃响了，大家没命地冲出门去。在此后相对的宁静中，洛哈特直起身子，看见已经走到门口的哈利、罗恩和赫敏，说道："啊，我请你们三位把剩下的这些小精灵抓回笼子里去。"他赶在他们前面走出教室，一出去就把门关上了。

"你能相信他吗？"罗恩嚷道，一只小精灵咬住了他的耳朵，很痛。

"他只是想给我们一些实践的机会。"赫敏说，她聪明地用了一个冰冻咒，把两个小精灵给冻住了，塞回笼子里。

第6章 吉德罗·洛哈特

"实践？"哈利想抓住一只小精灵，但它轻盈地闪开了，还朝他吐着舌头，"赫敏，他根本不知道自己在干什么。"

"胡说，"赫敏说，"你们都看过他的书——想想他做的那些惊人的事情吧……"

"只是他自己说他做过。"罗恩嘀咕道。

第 7 章

泥巴种和细语

在以后的几天里，哈利一看见吉德罗·洛哈特从走廊那头走来，就赶紧躲开。但更难躲的是科林·克里维，他似乎把哈利的课程表背了下来。对科林来说，好像世界上最激动人心的事，就是每天说六七次"你好吗，哈利"并听到"你好，科林"的回答，不管哈利回答的语气有多么无奈和恼怒。

海德薇还在为灾难性的汽车之旅而生哈利的气，罗恩的魔杖依然不正常，星期五上午更加出格。它在魔咒课上从罗恩手中飞了出去，打中了矮小的弗立维教授的眉心。那儿立刻就鼓起了一个绿色的大包，扑扑跳动着。由于这种种情况，哈利很高兴终于熬到了周末。他和罗恩、赫敏打算星期六早上去看海格。他本来还想再睡几个小时的，可是一早就被格兰芬多魁地奇队队长奥利弗·伍德摇醒了。

第7章 泥巴种和细语

"什——什么事？"哈利迷迷糊糊地说。

"魁地奇训练！"伍德说，"快起来！"

哈利眯眼看看窗外，粉红淡金的天空中笼罩着一层薄薄的轻雾。外面的鸟叫声那么响亮，他奇怪自己刚才怎么没被吵醒。

"奥利弗，"哈利抱怨道，"天刚刚亮啊。"

"没错，"伍德是一个高大结实的六年级学生，此刻他眼睛里闪着狂热的光芒，"这是我们新的训练方案的一部分。快点儿，拿着你的飞天扫帚，跟我走。"伍德急切地说，"别的队都还没有开始训练，我们今年要抢个第一……"

哈利打着哈欠，微微哆嗦着，从床上爬了起来，开始找他的队袍。

"好伙计，"伍德说，"一刻钟后球场见。"

哈利找到他的深红队袍，并且为了防寒披上了他的斗篷。他匆匆给罗恩留了一个纸条，交代了一下自己的去处，便顺着旋转楼梯向公共休息室走去，肩上扛着他那把光轮2000。他刚走到肖像洞口前，忽听身后传来一阵啪嗒啪嗒的脚步声，科林·克里维从楼梯上奔下来，脖子上的照相机剧烈地摆动着，手里还攥着什么东西。

"哈利！我在楼梯上听到有人喊你的名字。看我带来了什么！照片洗出来了，我想让你看看——"

哈利愣愣地看着科林向他挥舞的那张照片。

一个黑白的、会动的洛哈特正在使劲拽着一只胳膊，哈利认出那胳膊是自己的。他高兴地看到照片上的自己在奋力抵抗，不肯被拖进去。洛哈特终于放弃了，朝着照片的白边直喘气。

"你能给签个名吗？"科林急切地问。

"不行。"哈利断然地说，扫了一眼看周围是否还有别人，"对不起，科林，我有急事——魁地奇训练。"

他从肖像洞口爬了出去。

"哇！等等我！我从来没看过打魁地奇！"

科林急忙跟着爬了出来。

"很枯燥的。"哈利忙说，可是科林不听，兴奋得脸上放光。

"你是一百年来最年轻的学院队球员，对吗，哈利？没错吧？"科林在他旁边小跑着说，"你一定特棒。我从来没有飞过。难不难？这是你的飞天扫帚吗？它是不是最好的？"

哈利不知道怎么才能摆脱他，就好像身边跟了个特别爱说话的影子。

"我不大懂魁地奇，"科林神往地说，"是不是有四个球？其中两个飞来飞去，要把球员从飞天扫帚上撞下来？"

"对，"哈利吐了口粗气，无可奈何地开始解释魁地奇的复杂规则，"它们叫游走球。每个队有两名队员用球棒把游走球击打开。弗雷德和乔治·韦斯莱就是格兰芬多的击球手。"

"其他的球是干什么用的？"科林问，张嘴望着哈利，下楼

第7章 泥巴种和细语

梯时绊了一下。

"哦,鬼飞球,就是那个红色的大球,是进球得分用的。每个队有三名追球手把鬼飞球传来传去,设法使它穿过球场顶头的球门,就是三根顶上有圆环的长柱子。"

"那第四个球——"

"——叫金色飞贼,"哈利说,"它非常小,非常快,很难抓到。可是找球手必须把它抓住,因为不抓住飞贼,魁地奇比赛就不会结束。不论哪个队的找球手抓到飞贼,就能为自己学院的队伍加一百五十分。"

"你是格兰芬多的找球手,是吗?"科林钦佩地问。

"是。"哈利说,他们离开城堡,走到带着露水的草地上,"还有一个守门员,负责把守球门。就是这样。"

可是在沿草坡走向球场的一路上,科林仍然不停地问这问那,一直到更衣室门口,哈利才把他甩掉。科林在他身后尖声叫道:"我去找个好座位,哈利!"然后匆匆向看台跑去。

格兰芬多队的其他球员已经在更衣室了。看上去只有伍德是完全醒了。弗雷德和乔治·韦斯莱坐在那里,眼圈浮肿,头发乱蓬蓬的。旁边的四年级女生艾丽娅·斯平内特好像靠在墙上打起了瞌睡。另两名追球手,凯蒂·贝尔和安吉利娜·约翰逊坐在对面,连连打着哈欠。

"你来了,哈利,怎么这么晚?"伍德精神抖擞地说,"好,在上球场之前，我想简单说几句，我这一暑假在家设计出了一套新的训练方案，我想一定有效……"

伍德举起一张魁地奇球场的大型示意图，上面绘有各种颜色的线条、箭头和叉叉。他取出魔杖，朝图板上一点，那些箭头就像毛毛虫一样在图上蠕动起来。伍德开始讲解他的新战术，弗雷德·韦斯莱的头垂到了艾丽娅的肩上，打起了呼噜。

第一张图板用了将近二十分钟才讲完，可是它下面还有第二张、第三张。伍德单调的声音在那里讲啊讲啊，哈利进入了恍惚状态。

"就这样，"伍德终于说，一下子把哈利从幻想中惊醒，他正在想城堡里会吃些什么早点，"清楚了吗？有什么问题？"

"我有个问题，奥利弗，"刚刚惊醒过来的乔治说，"你为什么不在昨天我们都醒着的时候跟我们说呢？"

伍德有些不快。

"听着，伙计们，"他沉着脸说，"我们去年就该赢得魁地奇杯的。我们的水平明显高于其他球队，不幸的是，由于一些我们无法控制的情况……"

哈利在椅子上内疚地动了动，去年最后决赛时他躺在医院里，昏迷不醒，格兰芬多缺了一名球员，结果遭到了三百年来最大的惨败。

伍德用了一些时间控制住自己的情绪，上次失败的痛楚显然

第7章 泥巴种和细语

还在折磨着他。

"所以今年,我们要加倍地发奋苦练……好,去把我们的新理论付诸实践吧!"伍德大声说,抓起他的扫帚,带头走出了更衣室;他的队员们打着哈欠,拖着麻木的双腿跟在后面。

他们在更衣室里待了那么久,太阳已经升得老高了,但体育场的草坪上空还飘着一些残雾。哈利走进球场时,发现罗恩和赫敏坐在看台上。

"还没练完呀?"罗恩不相信地问。

"还没开始练呢,"哈利羡慕地看着罗恩和赫敏从礼堂里带出来的面包和果酱,"伍德给我们讲了新战术。"

他骑上飞天扫帚,用脚蹬地,嗖地飞了起来。凉爽的晨风拍打着他的面颊,比起伍德的长篇大论,这一下子就让他清醒多了。回到魁地奇球场的感觉真好。他以最快的速度绕着体育场高飞,与弗雷德和乔治比赛。

"哪里来的咔嚓声?"他们疾速转弯时,弗雷德喊道。

哈利朝看台上望去。科林坐在最高一排的座位上,举着照相机,一张接一张地拍着,在空旷的体育场里,快门的声音被奇怪地放大了。

"朝这边看,哈利!"科林尖声喊道。

"那是谁?"弗雷德问。

"不知道。"哈利撒了个谎,猛然加速,尽可能地远离科林。

"怎么回事？"伍德飞到他们身边，皱着眉头问，"那个新生为什么拍照？我不喜欢。他可能是斯莱特林的奸细，想刺探我们的新训练方案。"

"他是格兰芬多的。"哈利忙说。

"斯莱特林不需要奸细，奥利弗。"乔治说。

"你怎么知道？"伍德暴躁地问。

"因为他们自己来了。"乔治指着下面说。

几个穿绿袍子的人走进球场，手里都拿着飞天扫帚。

"我简直不能相信！"伍德愤慨地压着声音说，"我包了今天的球场！我们倒要看看！"

伍德冲向地面，因为怒气冲冲，落地比他预想的重了一些。他有些摇晃地跨下扫帚。哈利、弗雷德和乔治跟着落了下来。

"弗林特！"伍德冲斯莱特林队的队长吼道，"这是我们的训练时间！我们专门起了个大早！请你们出去！"

马库斯·弗林特比伍德还要魁梧。他带着巨怪般的狡猾神情答道："这里地方很大，伍德。"

艾丽娅、安吉利娜和凯蒂也循声过来了。斯莱特林队中没有女生，他们肩并肩站成一排，带着一模一样的神气斜眼瞟着格兰芬多队的队员。

"可是我包了球场！"伍德厉声说，"我包下了！"

"噢，"弗林特说，"可我有斯内普教授特签的条子。本人，西·斯

第 7 章 泥巴种和细语

内普教授,允许斯莱特林队今日到魁地奇球场训练,培训他们新的找球手。"

"你们新添了一名找球手?"伍德的注意力被转移了,"在哪儿?"

从六个高大的队员身后闪出了一个身量较小的男生,苍白的尖脸上挂着一副得意的笑容。正是德拉科·马尔福。

"你不是卢修斯·马尔福的儿子吗?"弗雷德厌恶地问。

"你居然提到德拉科的父亲,有意思,"斯莱特林队的全体队员笑得更得意了,"那就请你看看他慷慨送给斯莱特林队的礼物吧。"

七个人一齐把飞天扫帚往前一举,七把崭新的、光滑锃亮的飞天扫帚,七行漂亮的金字光轮 2001,在早晨的阳光下刺着格兰芬多队员的眼睛。

"最新型号,上个月刚出来的,"弗林特不在意地说,轻轻掸去他那把扫帚顶上的一点灰尘,"我相信它比原先的光轮 2000 系列快得多。至于老式的横扫系列,"他不怀好意地朝弗雷德和乔治笑了一下,他俩手里各攥着一把横扫五星,"用它们扫地板吧。"

格兰芬多队的队员一时都说不出话来。马尔福笑得那么开心,冷漠的眼睛眯成了一条缝。

"哦,看哪,"弗林特说,"有人闯进了球场。"

罗恩和赫敏从草坪上走过来看看出了什么事。

"怎么啦？"罗恩问哈利，"你们怎么不打球啦？他在这儿干什么？"

罗恩吃惊地看着身穿斯莱特林队袍的马尔福。

"我是斯莱特林队的新找球手，韦斯莱，"马尔福扬扬自得地说，"刚才大家在欣赏我爸爸给我们队买的飞天扫帚。"

罗恩目瞪口呆地望着面前那七把高级的扫帚。

"很不错，是不是？"马尔福拿腔拿调地说，"不过，也许格兰芬多队也能搞到一些金子买几把新扫帚呢。你们可以抽奖出售那些横扫五星，我想博物馆会出价要它们的。"

斯莱特林的队员们粗声大笑。

"至少格兰芬多队中没有一个队员需要花钱买才能入队，"赫敏尖刻地说，"他们完全是凭能力进来的。"

马尔福得意的脸色暗了一下。

"没人问你，你这个臭烘烘的小泥巴种。"他狠狠地说。

哈利马上知道马尔福说了句很难听的话，因为它立即引起了爆炸性的反应。弗林特不得不冲到德拉科前面，防止弗雷德和乔治扑到他身上。艾丽娅尖叫道："你怎么敢！"罗恩伸手从袍子里拔出魔杖，高喊着："你要为它付出代价，马尔福！"他狂怒地从弗林特的臂膀下指着马尔福的脸。

巨大的爆炸声响彻了整个体育场，一道绿光从魔杖后部射出来，击中了罗恩的腹部，撞得他趔趄两步倒在了草地上。

第7章 泥巴种和细语

"罗恩！罗恩！你没事吧？"赫敏尖叫道。

罗恩张嘴想回答，却没有吐出话来，而是打了个大嗝，几条鼻涕虫从他嘴里落到了大腿上。

斯莱特林队的队员们都笑瘫了。弗林特笑得直不起腰，用新扫帚支撑着。马尔福四肢着地，两个拳头捶着地面。格兰芬多队的队员围在罗恩身边，他不断地吐出亮晶晶的大鼻涕虫，似乎没有人愿意碰他。

"我们最好带他到海格的小屋去，那儿最近。"哈利对赫敏说，赫敏勇敢地点了点头。他们俩拽着罗恩的胳膊把他拉了起来。

"怎么了，哈利？怎么了？他病了吗？但你能治好他的，是不是？"科林跑了过来，连蹦带跳地跟着他们走出球场。罗恩身体剧烈地起伏了一下，更多的鼻涕虫落到了他胸前。

"哦——"科林大感兴趣地举起照相机，"你能把他扶住不动吗，哈利？"

"走开，科林！"哈利生气地说。他和赫敏扶着罗恩走出体育场，朝禁林边上走去。

"快到了，罗恩，"赫敏说，猎场看守的小屋出现在眼前，"你一会儿就会没事了……就快到了……"

他们走到离海格的小屋只有不到二十英尺时，房门忽然开了，但踱出来的不是海格，而是吉德罗·洛哈特，他今天穿了一身浅浅的紫色长袍。

"快躲起来。"哈利小声说，拉着罗恩藏到最近的一丛灌木后。赫敏也跟着藏了起来，但有点不情愿。

"会者不难！"洛哈特在高声对海格说话，"如果需要什么帮助，尽管来找我，你知道我在哪儿！我会给你一本我写的书——我很惊讶你竟然还没有一本。我今晚就签上名字送过来。好，再见！"他大步朝城堡走去。

哈利一直等到洛哈特走得看不见了，才把罗恩从灌木丛后拉出来，走到海格的门前，急迫地敲门。

海格马上出来了，一脸怒气，可是一看清门外是他们，立刻眉开眼笑了。

"一直在念叨你们什么时候会来看我——进来，进来——我刚才还以为是洛哈特教授又回来了呢。"

哈利和赫敏搀着罗恩跨过门槛，走进小屋，一个墙角摆着一张特大的床，另一个墙角里炉火在欢快地噼啪作响。哈利扶罗恩坐到椅子上，急切地对海格讲了罗恩吐鼻涕虫的情况，海格似乎并不怎么担心。

"吐出来比咽下去好，"他愉快地说，找了只大铜盆搁在罗恩面前，"全吐出来，罗恩。"

"我想除了等它自己停止之外没有别的办法，"看着罗恩俯在铜盆上边，赫敏忧虑地说，"即使在条件最好的时候，那也是一个很难的魔咒，更何况你用一根破魔杖……"

第7章 泥巴种和细语

海格忙着给他们煮茶。他的大猎狗牙牙把口水滴到了哈利身上。

"洛哈特来你这儿干吗，海格？"哈利挠着牙牙的耳朵问。

"教我怎么防止马形水怪钻进水井，"海格愤愤地说，从擦得很干净的桌子上拿走一只拔了一半毛的公鸡，摆上茶壶，"好像我不知道似的。还吹嘘他怎么驱除女鬼。其中要有一句是真的，我就把这茶壶给吃了。"

批评霍格沃茨的教师，这完全不像海格的为人，哈利吃惊地看着他。赫敏则用比平常稍高的声调说："我想你有点不公正，邓布利多教授显然认为他是最合适的人选——"

"是唯一的人选，"海格给他们端上一盘糖浆太妃糖，罗恩对着脸盆吭吭地咳着，"我是说唯一的一个。现在找一个黑魔法防御术课教师很困难，人们都不大想干，觉得这工作不吉利。没有一个干得长的。告诉我，"海格扭头看着罗恩说，"他想给谁施咒来着？"

"马尔福骂了赫敏一句，一定是很恶毒的话，因为大家都气坏了。"

"非常恶毒，"罗恩声音嘶哑地说，在桌子边上露出脑袋，脸色苍白，额头上汗涔涔的，"马尔福叫她'泥巴种'，海格——"

罗恩忙又俯下身，新的一批鼻涕虫从他嘴里冲了出来。海格显得很愤慨。

"是真的吗?"他看着赫敏吼道。

"是的,"她说,"可我不知道那是什么意思。当然,我听得出它非常粗鲁……"

"这是他能想到的最侮辱人的话,"罗恩又露出头来,气喘吁吁地说,"泥巴种是对麻瓜出身的人——也就是父母都不会魔法的人的诬蔑性称呼。有些巫师,像马尔福一家,总觉得他们高人一等,因为他们是所谓的纯血统。"他打了个小嗝,一条鼻涕虫掉到他手心里。他把它丢进脸盆,继续说道:"其实,我们其他人都知道这根本就没有关系。你看纳威·隆巴顿——他是纯血统,可他连坩埚都放不正确。"

"我们赫敏不会使的魔咒,他们还没发明出来呢!"海格自豪地说,赫敏羞得脸上红艳艳的。

"这是个很难听的称呼,"罗恩用颤抖的手擦了擦额头上的汗水,说道,"意思是肮脏的、劣等的血统。全是疯话。现在大部分巫师都是混血的。要是不和麻瓜通婚,我们早就绝种了。"

他干呕了一下,忙又俯下身去。

"嗯,我不怪你想给他施咒,罗恩,"海格在鼻涕虫落到盆里的啪嗒声中大声说,"不过你的魔杖出了故障也许倒是好事。要是你真给那小子施了咒,卢修斯·马尔福就会气势汹汹地找到学校来了。至少你没惹麻烦。"

哈利本想指出,再大的麻烦也不会比嘴里吐鼻涕虫糟糕多少,

第7章 泥巴种和细语

可是他张不开嘴,海格的糖浆太妃糖把他的上下牙粘在一起了。

"哈利,"海格好像突然想到什么似的说,"我要跟你算算账。听说你发签名照片了,我怎么没拿到啊?"

哈利怒不可遏,使劲张开被粘住的嘴。

"我没发签名照片,"他激烈地抗议道,"要是洛哈特还在散布这种谣言——"

可是他看到海格笑了。

"我是开玩笑,"他亲切地拍了拍哈利的后背,拍得哈利的脸磕到了桌面上,"我知道你没有。我告诉洛哈特你不需要那样做。你不用花心思就已经比他有名了。"

"我敢说他听了不大高兴。"哈利坐直身体,揉着下巴说。

"我想是不大高兴,"海格眼里闪着光,"然后我又对他说我从来没读过他的书,他就决定告辞了。来点儿糖浆太妃糖吗,罗恩?"看到罗恩又抬起头来,他问了一句。

"不,谢谢,"罗恩虚弱地说,"最好不要冒险。"

"来看看我种的东西吧。"哈利和赫敏喝完茶之后,海格说。

小屋后面的菜地里,结了十二个大南瓜。哈利从来没见过这么大的南瓜,每个足有半人高。

"长得还不错吧?"海格喜滋滋地说,"万圣节宴会上用的——到那时就足够大了。"

"你给它们施了什么肥?"哈利问。

海格左右看看有没有人。

"嘿嘿,我给了它们一点儿——怎么说呢——一点儿帮助。"

哈利发现海格那把粉红色的伞靠在小屋后墙上。哈利原先就有理由相信,这把雨伞绝不像看起来的那么普通。实际上,他非常疑心海格上学时用的旧魔杖就藏在伞里。海格是不能使用魔法的。他上三年级时被霍格沃茨开除了,但哈利一直没搞清为什么。一提到这件事情,海格就会大声清一清嗓子,神秘地装聋作哑,直到话题转移。

"是膨胀咒吧?"赫敏有几分不以为然,可又觉得非常有趣,"哦,你干得很成功。"

"你的小妹妹也是这么说的。"海格朝罗恩点着头说,"昨天刚见到她。"海格瞟了哈利一眼,胡子抖动着,"她说随便走走看看,我想她大概是希望在我屋里碰到什么人吧。"他朝哈利眨了眨眼,"要我说,她是不会拒绝一张签名——"

"哎呀,别胡说。"哈利急道。罗恩扑哧一声笑起来,鼻涕虫喷到了地上。

"当心!"海格吼了一声,把罗恩从他的宝贝南瓜旁边拉开了。

快到吃午饭的时间了,哈利从清早到现在只吃了一点糖浆太妃糖,所以一心想回学校吃饭。三人向海格道别,一起走回城堡,罗恩偶尔打一个嗝,但只吐出两条很小的鼻涕虫。

他们刚踏进阴凉的门厅,就听一个声音响起,"你们回来了,

第7章 泥巴种和细语

波特、韦斯莱,"麦格教授板着脸向他们走来,"你们俩晚上留下来关禁闭。"

"我们要做什么,教授?"罗恩一边问,一边紧张地忍住一个嗝。

"你去帮费尔奇先生擦奖品陈列室里的银器,"麦格教授说,"不许用魔法,韦斯莱——全用手擦。"

罗恩倒吸了一口气。管理员阿格斯·费尔奇是所有学生都憎恨的人。

"波特,你去帮洛哈特教授给他的崇拜者回信。"麦格教授说。

"啊,不要,我也去擦奖品行吗?"哈利绝望地乞求。

"当然不行,"麦格教授扬起眉毛,"洛哈特教授点名要你。你们俩记住,晚上八点整。"

哈利和罗恩垂头丧气地走进礼堂,赫敏跟在后面,脸上的表情仿佛是说:你们的确违反了校规嘛。饭桌上,连肉馅土豆泥饼都提不起哈利的胃口。他和罗恩都觉得自己比对方更倒霉。

"费尔奇可要了我的命了,"罗恩哭丧着脸说,"不用魔法!那间屋里起码有一百个奖杯呢。我又不像麻瓜们那样擅长擦洗。"

"我随时愿意跟你换,"哈利没精打采地说,"这类擦擦洗洗的活儿,我在德思礼家没少练过。可是给洛哈特的崇拜者回信……那准像一场噩梦……"

星期六下午不知不觉就过去了,一晃就到了八点差五分,哈利满不情愿地拖动双脚,沿三楼走廊向洛哈特的办公室走去。他咬咬牙,敲响了房门。

门立刻开了,洛哈特满面笑容地看着他。

"啊,小坏蛋来了!进来,哈利,进来吧。"

墙上挂着数不清的洛哈特的相框,被许多支蜡烛照得十分明亮。有几张上甚至还有他的签名。桌上也放着一大沓照片。

"你可以写信封!"洛哈特对哈利说,仿佛这是好大的优惠似的,"第一封给格拉迪丝·古吉翁女士,上帝保佑她——我的一个热烈的崇拜者。"

时间过得像蜗牛爬。哈利听凭洛哈特在那里滔滔不绝,只偶尔答一声"哦""啊""是"。时不时地,有那么一两句刮到哈利的耳朵里,什么"名气是个反复无常的朋友,哈利",或"记住,名人就得有名人的架子"。

蜡烛烧得越来越短,火光在许多张注视着他们的、会动的洛哈特的面孔上跳动。哈利用酸痛的手写着维罗妮卡·斯美斯丽的地址,感觉这是第一千个信封了。时间快到了吧,哈利痛苦地想,求求你快到吧……

突然他听到了一种声音——一种与残烛发出的噼啪声或洛哈特的絮叨完全不同的声音。

是一个说话声,一个令人毛骨悚然、呼吸停止的冰冷恶毒的说话声。

第7章 泥巴种和细语

"来……过来……让我撕你……撕裂你……杀死你……"

哈利猛地一跳,维罗妮卡·斯美斯丽地址的街道名上出现了一大团丁香紫色的墨渍。

"什么?"他大声说。

"我知道!"洛哈特说,"六个月连续排在畅销书榜首!空前的纪录!"

"不是,"哈利狂乱地说,"那个声音!"

"对不起,"洛哈特迷惑地问道,"什么声音?"

"那个——那个声音说——你没听见吗?"

洛哈特十分惊愕地看着哈利。

"你在说什么,哈利?你可能有点犯困了吧?上帝啊——看看都几点了!我们在这儿待了将近四个小时!我真不敢相信——时间过得真快,是不是?"

哈利没有回答。他竖起耳朵听那个声音,可是再也没有了,只听见洛哈特还在对他唠叨,说别指望每次被罚关禁闭都有这么好的运气。哈利带着一肚子疑惑离开了。

格兰芬多的公共休息室里几乎没有人了。哈利直接上楼回到宿舍,罗恩还没有回来。哈利穿上睡衣,躺到床上等着。一小时后,罗恩揉着右胳膊进来了,给黑暗的房间里带来一股去污光亮剂的气味。

"我的肌肉都僵了。"他呻吟着倒在床上,"他让我把那个魁地奇奖杯擦了十四遍才满意。后来我在擦一块'对学校特殊贡献奖'的奖牌时，又吐了一回鼻涕虫，花了一个世纪才擦掉那些黏液……洛哈特那儿怎么样？"

哈利压低嗓门，免得吵醒纳威、迪安和西莫，把他听到的声音告诉了罗恩。

"洛哈特说他没听见？"罗恩问。月光下，哈利看到罗恩皱着眉头。"你觉得他是撒谎吗？可我想不通——就是隐形人也需要开门啊。"

"是啊，"哈利躺了下去，盯着四柱床的顶篷，"我也想不通。"

第8章

忌辰晚会

　　十月来临了，湿乎乎的寒气弥漫在场地上，渗透进了城堡。教工和学生中间突然流行起了感冒，弄得校医庞弗雷女士手忙脚乱。她的提神剂有着立竿见影的效果，不过喝下这种药水的人，接连几个小时耳朵里会冒烟。金妮·韦斯莱最近一直病恹恹的，被珀西强迫着喝了一些提神剂。结果，她鲜艳的红头发下冒出一股股蒸汽，整个脑袋像着了火似的。

　　子弹大的雨点噼噼啪啪地打在城堡的窗户上，好几天都没有停止。湖水上涨，花坛里一片泥流，海格种的南瓜一个个膨胀得有花棚那么大。然而，奥利弗·伍德定期开展魁地奇训练的热情并没有因此而减弱，于是在万圣节前几天一个风雨交加的星期六黄昏，有同学看到哈利训练归来，返回格兰芬多的塔楼。他全身都湿透了，沾满泥浆。

即使不刮风也不下雨,这次训练也不会愉快。弗雷德和乔治一直在侦察斯莱特林队的情况,亲眼看见了那些新型飞天扫帚光轮2001的速度。他们回来汇报说,斯莱特林队的队员们现在只是七个模糊的淡绿色影子,像喷气机一样在空中嗖嗖地穿梭。

哈利咕叽咕叽地走在空无一人的走廊里,突然看见一个和他一样心事重重的人。格兰芬多塔楼的幽灵,差点没头的尼克正忧郁地望着窗外,嘴里低声念叨着:"……不符合他们的条件……就差半寸,如果那……"

"你好,尼克。"哈利说。

"你好,你好。"差点没头的尼克吃了一惊,四下张望。他长长的鬈发上扣着一顶很时髦的、插着羽毛的帽子,身上穿着一件长达膝盖的束腰外衣,上面镶着车轮状的皱领,掩盖住了他脖子几乎被完全割断的事实。他像一缕轻烟一样似有若无,哈利可以透过他的身体眺望外面黑暗的天空和倾盆大雨。

"你好像有心事,年轻的波特。"尼克说着,把一封透明的信叠起来,藏进了紧身上衣里。

"你也是啊。"哈利说。

"啊,"差点没头的尼克优雅地挥着一只修长的手,"小事一桩……并不是我真的想参加……我以为可以申请,可是看样子我'不符合条件'。"

他的口气是满不在乎的,但脸上却显出了深切的痛苦。

第8章 忌辰晚会

"你倒是说说看,"他突然爆发了,把那封信又从口袋里抽了出来,"脖子上被一把钝斧子砍了四十五下,有没有资格参加无头猎手队?"

"噢——有的。"哈利显然应该表示同意。

"我的意思是,我比任何人都希望事情办得干净利落,希望我的脑袋完全彻底地断掉,我的意思是,那会使我免受许多痛苦,也不致被人取笑。可是……"差点没头的尼克把信抖开,愤怒地念了起来:

我们只能接受脑袋与身体分家的猎手。你会充分地意识到,如果不是这样,成员将不可能参加马背头杂耍和头顶马球之类的猎手队活动。因此,我非常遗憾地通知您,您不符合我们的条件。顺致问候,帕特里克·德莱尼－波德摩爵士。

差点没头的尼克气呼呼地把信塞进衣服。

"只有一点点儿皮和筋连着我的脖子啊,哈利!大多数人都会认为,这实际上和掉脑袋没啥两样。可是不行,在彻底掉脑袋的波德摩爵士看来,这还不够。"

差点没头的尼克深深吸了几口气,然后用平静多了的口吻说:"那么——你又为什么事发愁呢?我能帮得上忙吗?"

"不能,"哈利说,"除非你知道上哪儿能弄到七把免费的光轮2001，让我们在比赛中对付斯莱——"

"喵——"哈利脚脖子附近突然发出一声尖厉刺耳的叫声，淹没了他的话音。他低下头，看见两只灯泡一样发亮的黄眼睛。是洛丽丝夫人，这只骨瘦如柴的灰猫受到管理员阿格斯·费尔奇的重用，在费尔奇与学生之间没完没了的战斗中充当他的副手。

"你最好离开这里，哈利，"尼克赶紧说道，"费尔奇情绪不好。他感冒了，还有几个三年级学生不小心把青蛙的脑浆抹在了第五地下教室的天花板上。他整整冲洗了一个上午，如果他看见你把泥水滴得到处都是……"

"说得对，"哈利一边说，一边后退着离开洛丽丝夫人谴责的目光，可是已经来不及了。费尔奇和他这只讨厌的猫之间，大概有某种神秘的力量联系着。他突然从一条挂毯后面冲到哈利右边，呼哧呼哧喘着气，气疯了似的东张西望，寻找违反校规的人。他脑袋上扎着一条厚厚的格子花纹围巾，鼻子红得很不正常。

"脏东西！"他喊道，指着从哈利的魁地奇队袍上滴下来的泥浆和脏水，眼睛鼓得十分吓人，双下巴上的肉颤抖着，"到处都是脏东西，到处一团糟！告诉你吧，我受够了！波特，跟我走！"

哈利愁闷地朝差点没头的尼克挥手告别，跟着费尔奇走下楼梯，在地板上又留下一串泥泞的脚印。

哈利以前从没有进过费尔奇的办公室；大多数学生对这个地方避之唯恐不及。房间里昏暗肮脏，没有窗户，只有一盏孤零零

第8章 忌辰晚会

的油灯从低矮的天花板上吊下来。空气里弥漫着一股淡淡的煎鱼味。四周的墙边排着许多木头文件柜；哈利从标签上看出，柜里收藏着费尔奇处罚过的每个学生的详细资料。弗雷德和乔治两个人就占了整整一个抽屉。在费尔奇书桌后面的墙上，挂着一套亮晶晶的铰链和手铐、脚镣之类的东西。大家都知道，费尔奇经常请求邓布利多允许他吊住学生的脚脖子，把学生从天花板上倒挂下来。

费尔奇从书桌上的一个罐子里抓过一支羽毛笔，然后拖着脚走来走去，寻找羊皮纸。

"讨厌，"他怒气冲冲地咕哝着，"嘶嘶作响的大鼻涕虫……青蛙脑浆……老鼠肠子……我受够了……要杀鸡给猴看……表格呢……在这里……"

他从书桌抽屉里取出一大卷羊皮纸，铺在面前，然后拿起长长的黑羽毛笔，在墨水池里蘸了蘸。

"姓名……哈利·波特。罪行……"

"就是一点点泥浆而已！"哈利说。

"对你来说是一点点泥浆，孩子，但对我来说，又得洗洗擦擦，忙上一个小时！"费尔奇说，他灯泡似的鼻子尖上抖动着一滴令人恶心的鼻涕，"罪行……玷污城堡……处罚建议……"

费尔奇擦了擦流下来的鼻涕，眯起眼睛，不怀好意地看着哈利。哈利屏住呼吸，等待宣判。

然而，就在费尔奇的笔落下去时，办公室的天花板上传来一声巨响，"梆！"油灯被震得发出格格声。

"**皮皮鬼！**"费尔奇吼道，一气之下，狠狠地扔掉了羽毛笔，"这次我一定不放过你，我要抓住你！"

根本没回头看哈利一眼，费尔奇便冲出了办公室。洛丽丝夫人跟在他身边飞跑。

皮皮鬼是学校里的一个恶作剧精灵，整天嬉皮笑脸，在空中蹿来蹿去，惹是生非，制造灾难和不幸。哈利不太喜欢皮皮鬼，但他不由得感激皮皮鬼这次闹得正是时候。但愿皮皮鬼不管做了什么（从声音听，他这次似乎打碎了一个很大的东西），都能使费尔奇的注意力从哈利身上转移开去。

哈利认为他大概应该等费尔奇回来，就在书桌边的一把被虫蛀坏了的椅子上坐下了。桌上除了他那张填了一半的表格，还有另外一件东西：一个鼓鼓囊囊的紫色信封，上面印着一些银色的字。哈利飞快地朝门口瞥了一眼，确信费尔奇还没有回来，便拿起信封，看了起来：

快速念咒

魔法入门函授课程

第8章　忌辰晚会

哈利觉得困惑，便打开信封，从里面抽出一札羊皮纸，只见第一页上也印着一些银色的花体字：

您觉得跟不上现代魔法世界的节奏吗？连简单的咒语都施不出，还在为自己找借口？你有没有因为蹩脚的魔杖技法而受人嘲笑？答案就在这里！

快速念咒是一种万无一失、收效神速、简便易学的全新课程。已有成百上千的巫师从快速念咒中受益！

托普山的讨人嫌女士这样写道：
"我记不住咒语，我调制的魔药受到全家人的取笑！现在，经过一期快速念咒课程的学习，我已成为晚会上大家注意的中心，朋友们都向我讨要闪烁魔药的配方！"

迪茨布里的惹祸精巫师说：
"我妻子过去总是嘲笑我蹩脚的魔法，但是在你们神奇的快速念咒班里学习了一个月之后，我成功地将她变成了一头牦牛！谢谢你，快速念咒！"

哈利被吸引住了，他用手指翻动着信封里其余的羊皮纸。费尔奇为什么要学习快速念咒课程呢？这难道意味着他不是一个正规的巫师？哈利刚读到"第一课：拿住你的魔杖（几点有用的忠告）"，外面就传来了踢踢踏踏的脚步声。他知道费尔奇回来了，便赶紧把羊皮纸塞进信封，扔回桌上。就在这时，门开了。

费尔奇一副大获全胜的样子。

"那个消失柜特别珍贵！"他高兴地对洛丽丝夫人说，"这次我们可以叫皮皮鬼滚蛋了，亲爱的！"

他的目光落到了哈利身上，又赶紧转向那个快速念咒信封，哈利这才发现它离刚才的位置偏了两英尺，然而已经来不及了。

费尔奇苍白的脸一下子变得通红。哈利鼓起勇气，等待着他大发雷霆。费尔奇一瘸一拐地走向桌子，一把抓起信封，扔进了抽屉。

"你有没有——你看了——？"他语无伦次地问。

"没有。"哈利赶紧撒谎。

费尔奇把两只关节突出的手拧在一起。

"如果我认为你偷看我的私人……不，这不是我的……替一个朋友弄的……不管怎么样吧……不过……"

哈利瞪着他，惊讶极了；费尔奇从来没有显得这样恼怒过。他的眼球暴突着，松垂的脸颊有一边在抽搐，即使扎着格子花纹的围巾也不管用。

"很好……走吧……不要透露一个字……我不是说……不

第8章 忌辰晚会

过,如果你没有看……你走吧,我还要写皮皮鬼的报告呢……走吧……"

哈利简直不敢相信自己的运气,于是飞快地离开办公室,穿过走廊,来到楼上。没受惩罚就从费尔奇的办公室逃脱出来,这大概也算本校的一项最新纪录吧。

"哈利!哈利!管用吗?"

差点没头的尼克从一间教室里闪了出来。在他身后,哈利看见一个黑色和金色相间的柜子摔碎在地上,看样子是从很高的地方落下来的。

"我劝说皮皮鬼把它砸在费尔奇的办公室顶上,"尼克急切地说,"我想这大概会转移他的注意……"

"原来是你?"哈利感激地说,"啊,太管用了,我甚至没有被罚关禁闭。谢谢你,尼克!"

他们一起在走廊里走着。哈利注意到,差点没头的尼克手里还拿着帕特里克先生的那封回绝信。

"关于无头猎手队的事,我希望我能为你做点什么。"哈利说。

差点没头的尼克立刻停住脚步,哈利径直从他身体里穿过。他真希望自己没有这样做,那感觉就好像是冲了一个冰水浴。

"你确实可以为我做一件事,"尼克兴奋地说,"哈利——我的要求是不是太过分了——不行,你不会愿意——"

"什么呀?"哈利问道。

"好吧，今年的万圣节前夕将是我的五百岁忌辰。"差点没头的尼克说着，挺起了胸膛，显出一副高贵的样子。

"噢，"哈利说，对这个消息，他不知道是应该表示难过还是高兴，"是吗？"

"我要在一间比较宽敞的地下教室里开一个晚会。朋友们将从全国各地赶来。如果你也能参加，我将不胜荣幸。当然啦，韦斯莱先生和格兰杰小姐也是最受欢迎的——可是，我敢说你更愿意参加学校的宴会，是吗？"他焦急不安地看着哈利。

"不是，"哈利很快地说，"我会来的——"

"哦，我亲爱的孩子！哈利·波特，参加我的忌辰晚会，太棒了！还有，"他迟疑着，显得十分兴奋，"劳驾，你可不可以对帕特里克先生提一句，就说你觉得我特别吓人，给人印象特别深刻，好吗？"

"当—当然可以。"哈利说。

差点没头的尼克向他露出了笑容。

"忌辰晚会？"赫敏兴致很高地说，"我敢打赌没有几个活着的人能说他们参加过这种晚会——肯定是很奇妙的！"这时哈利终于换好了衣服，在公共休息室里找到了她和罗恩。

"为什么有人要庆祝他们死亡的日子呢？"罗恩带着怒气说，他正在做魔药课的家庭作业，"我听着觉得怪晦气的……"

第8章 忌辰晚会

窗外仍然下着倾盆大雨，天已经黑得像墨汁一样，但屋里却是明亮而欢快的。火光映照着无数把柔软的扶手椅，人们坐在椅子上看书、聊天、做家庭作业。弗雷德和乔治·韦斯莱这对孪生兄弟呢，他们正在研究如果给一只火蜥蜴吃一些费力拔烟火，会出现什么效果。弗雷德把那只鲜艳的橘红色蜥蜴从保护神奇动物课的课堂上"拯救"出来。此刻，它趴在一张桌子上闷闷地燃烧着，四周围着一群好奇的人。

哈利正要把费尔奇和快速念咒函授课的事告诉罗恩和赫敏，突然，那边的火蜥蜴嗖地蹿到半空，在房间里疯狂地旋转，噼噼啪啪地放出火花，还伴随着一些梆梆的巨响。珀西嘶哑着嗓子狠狠训斥弗雷德和乔治。火蜥蜴的嘴里喷出橘红色的星星，十分美丽壮观。它带着接二连三的爆炸声，逃进了炉火里。所有这一切，使哈利把费尔奇和那个快速念咒的信封忘得一干二净。

万圣节前夕，哈利真后悔自己不该那么草率地答应去参加忌辰晚会。学校里的其他同学都在高兴地期待万圣节的宴会；礼堂里已经像平常那样，用活蝙蝠装饰起来了。海格种的巨大南瓜被雕刻成了一盏盏灯笼，大得可以容三个人坐在里面。人们还传言说，邓布利多预订了一支骷髅舞蹈团，给大家助兴。

"一言既出，驷马难追。"赫敏盛气凌人地提醒哈利，"你说过你要去参加忌辰晚会的。"

于是，七点钟的时候，哈利、罗恩和赫敏径直穿过通往拥挤的礼堂的门道。礼堂里张灯结彩，烛光闪耀，桌上摆放着金盘子，非常诱人，但他们还是朝地下教室的方向走去。

通向差点没头的尼克的晚会的那条过道，也已经点着了蜡烛，但效果一点也不令人愉快：它们都是细细的、黑乎乎的小蜡烛，燃烧时闪着蓝荧荧的光，即使照在他们三个充满生机的脸上，也显得阴森森的。他们每走一步，气温都在降低。哈利颤抖着，把衣服拉紧了裹住自己。这时，他听见了一种声音，仿佛是一千个指甲在一块巨大的黑板上刮来刮去。

"那也叫音乐？"罗恩低声说。他们转过一个拐角，看见差点没头的尼克站在门口，身上披挂着黑色天鹅绒的幕布。

"我亲爱的朋友们，"他无限忧伤地说，"欢迎，欢迎……你们能来，我真是太高兴了……"

他摘下插着羽毛的帽子，鞠躬请他们进去。

眼前的景象真是令人难以置信。地下教室里挤满了几百个乳白色的、半透明的身影，他们大多在拥挤不堪的舞场上游来荡去，和着三十把乐锯发出的可怕而颤抖的声音跳着华尔兹舞，演奏乐锯的乐队就坐在铺着黑布的舞台上。头顶上的一个枝形吊灯里点着一千支黑色的蜡烛，放出午夜的蓝光。他们三个人的呼吸在面前形成一团团雾气，仿佛走进了冷藏室。

"我们到处看看吧？"哈利提出建议，想暖一暖他的脚。

第8章 忌辰晚会

"小心，不要从什么人的身体里穿过。"罗恩紧张地说。他们绕着舞场边缘慢慢地走，经过一群闷闷不乐的修女、一个戴着锁链的衣衫褴褛的男人，还有胖修士，他是赫奇帕奇的幽灵，性情活泼愉快，此刻正在和一个脑门上插着一支箭的骑士聊天。哈利还看到了血人巴罗，这是在他意料中的。血人巴罗是斯莱特林的幽灵，他骨瘦如柴，两眼发直，身上沾满银色的血迹，其他幽灵正在给他腾出一大块地方。

"哦，糟糕，"赫敏突然停住脚步，"快转身，快转身，我不想跟哭泣的桃金娘说话——"

"谁？"他们匆匆由原路返回时，哈利问。

"她待在二楼的女生盥洗室的一个抽水马桶里。"赫敏说。

"待在抽水马桶里？"

"对。那个抽水马桶一年到头出故障，因为桃金娘不停地发脾气，把水泼得到处都是。我只要能够避免，是尽量不到那里去的。你上厕所时，她冲你尖声哭叫，真是太可怕了——"

"看，吃的东西！"罗恩说。

地下教室的另一头是一张长长的桌子，上面也铺着黑色天鹅绒。他们迫不及待地走上前去，紧接着就惊恐万分地停下了。气味太难闻了。大块大块已经腐烂的鱼放在漂亮的银盘子里，漆黑的、烤成焦炭的蛋糕堆满了大托盘；还有大量长满蛆虫的肉馅羊肚，一块长满了绿毛的奶酪。在桌子的正中央，放着一块巨大的墓碑形的灰色蛋糕，上面用焦油状的糖霜拼出了这样的文字：

尼古拉斯·德·敏西－波平顿爵士
逝于 1492 年 10 月 31 日

哈利看得目瞪口呆。这时一个肥胖的幽灵向桌子走来，他蹲下身子，直接从桌子中间通过，嘴巴张得大大的，正好穿过一条臭气熏天的大马哈鱼。

"你这样直接穿过去，能尝出味道吗？"哈利问他。

"差不多吧。"那个幽灵悲哀地说，转身飘走了。

"我猜想他们让食物腐烂，是想让味道更浓一些。"赫敏很有见识地说，她捂着鼻子，靠上前去细看腐烂的肉馅羊肚。

"我们走吧，我感到恶心了。"罗恩说。

他们还没来得及转身，一个矮小的家伙突然从桌子底下钻了出来，停在他们面前的半空中。

"你好，皮皮鬼。"哈利小心翼翼地说。

这个恶作剧精灵皮皮鬼，和他们周围的那些幽灵不同，不是苍白而透明的。恰恰相反，他戴着一顶鲜艳的橘红色晚会帽，打着旋转的蝴蝶领结，一副坏样的阔脸上龇牙咧嘴地露出笑容。

"想来一点儿吗？"他甜甜地说，递给他们一碗长满霉菌的花生。

第8章 忌辰晚会

"不了,谢谢。"赫敏说。

"听见你们在议论可怜的桃金娘,"皮皮鬼说,眼睛忽闪忽闪的,"议论可怜的桃金娘,真不礼貌。"他深深地吸了一口气,大吼一声,"喂,桃金娘!"

"哦,不要,皮皮鬼,别把我的话告诉她,她会感到很难过的。"赫敏着急地低声说,"我是说着玩儿的,我不介意她那样——噢,你好,桃金娘。"

一个矮矮胖胖的姑娘的幽灵飘然而至。她那张脸是哈利见过的最忧郁阴沉的脸,被直溜溜的长发和厚厚的、珍珠色的眼镜遮去了一半。

"怎么?"她绷着脸问。

"你好,桃金娘。"赫敏用假装很愉快的声音说,"很高兴在盥洗室外面看到你。"

桃金娘抽了抽鼻子。

"格兰杰小姐刚才正在议论你呢——"皮皮鬼狡猾地在桃金娘耳边说。

"我正在说——在说——你今晚的样子真漂亮。"赫敏狠狠地瞪着皮皮鬼,说道。

桃金娘狐疑地看着赫敏。

"你们在取笑我。"她说着,眼泪扑簌簌地从她透明的小眼睛里飞快地落了下来。

"没有——真的——我刚才不是说桃金娘的样子很漂亮吗?"赫敏一边说,一边用臂肘使劲捣着哈利和罗恩的肋骨。

"是啊……"

"她是这么说的……"

"别骗我。"桃金娘喘着气说,眼泪滔滔不绝地滚下面颊,皮皮鬼在她身后快活地咯咯直笑,"你们以为我不知道别人在背后叫我什么吗?肥婆桃金娘!丑八怪桃金娘!可怜的、哭哭啼啼、闷闷不乐的桃金娘!"

"你漏说了一个'满脸粉刺的'。"皮皮鬼压低声音在她耳边说。

哭泣的桃金娘突然伤心地抽泣起来,奔出了地下教室。皮皮鬼飞快地在她后面追着,一边用发霉的花生砸她,一边大喊:"满脸粉刺!满脸粉刺!"

"哦,天哪。"赫敏难过地说。

差点没头的尼克从人群中飘然而至。

"玩得高兴吗?"

"哦,高兴。"他们撒谎说。

"人数还令人满意,"差点没头的尼克骄傲地说,"号哭寡妇大老远地从肯特郡赶来……我讲话的时间快要到了,我最好去给乐队提个醒儿……"

没想到,就在这时候,乐队突然停止了演奏。他们和地下教室里的每个人都沉默下来,兴奋地环顾四周,一只猎号吹响了。

第8章 忌辰晚会

"哦，糟了。"差点没头的尼克痛苦地说。

从地下教室的墙壁里突然奔出十二匹幽灵马，每匹马上都有一个无头的骑手。全体参加晚会的人热烈鼓掌；哈利也拍起了巴掌，但一看到尼克的脸色，他就赶紧停住了。

十二匹幽灵马跑到舞场中央，猛地站住了，有的用后腿直立，有的向前打个趔趄。最前面的那匹马上是一个大块头幽灵，长着络腮胡的脑袋夹在胳膊底下，吹着号角。他从马上跳下来，把脑袋高高地举在半空中，这样他便可以从上面看着众人了（大家都哈哈大笑）；他一边大踏步向差点没头的尼克走来，一边马马虎虎地把脑袋往脖子上一塞。

"尼克！"他大声吼道，"你好吗？脑袋还挂在那儿吗？"

他发出一阵粗野的狂笑，拍了拍差点没头的尼克的肩膀。

"欢迎光临，帕特里克。"尼克态度生硬地说。

"活人！"帕特里克爵士一眼看见了哈利、罗恩和赫敏，假装吃惊地高高跳起，结果脑袋又掉了下来（大家哄堂大笑）。

"非常有趣。"差点没头的尼克板着脸说。

"别管尼克！"帕特里克爵士的脑袋在地板上喊道，"他还在为我们不让他参加猎手队而耿耿于怀呢！可是我想说——你们看看这家伙——"

"我认为，"哈利看到尼克意味深长的目光，慌忙说道，"尼克非常——吓人，而且——哦——"

"哈哈！"帕特里克爵士的脑袋嚷道，"我猜是他叫你这么说的吧！"

"请诸位注意了，现在我开始讲话！"差点没头的尼克一边大声说，一边大步走向讲台，来到一道冰冷的蓝色聚光灯下。

"我已故的勋爵们、女士们和先生们，我怀着极大的悲痛……"

他后面的话便没有人能听见了。帕特里克爵士和无头猎手队的其他成员玩起了一种头顶曲棍球的游戏，众人都转身观看。差点没头的尼克徒劳地试图重新抓住观众，可是帕特里克爵士的脑袋在一片欢呼声中从他身边飞过，他只好败下阵来。

这时，哈利已经很冷了，肚子更是饿得咕咕直叫。

"我再也受不住了。"罗恩咕哝道，他的牙齿嘚嘚地打战。这时乐队又吱吱呀呀地开始演奏了，幽灵们飘飘地回到舞场。

"我们走吧。"哈利赞同道。

他们一边向门口退去，一边对每个看着他们的幽灵点头微笑。一分钟后，他们就匆匆走在点着黑蜡烛的过道里了。

"布丁大概还没有吃完。"罗恩满怀希望地说，领头向通往门厅的台阶走去。

这时，哈利听见了。

"……撕你……撕裂你……杀死你……"

又是那个声音，那个他曾在洛哈特办公室里听见过的冷冰冰的、杀气腾腾的声音。

第8章 忌辰晚会

他踉跄着停下脚步,抓住石墙,一边全神贯注地听着,一边环顾四周,眯着眼睛在光线昏暗的过道里上上下下地寻找。

"哈利,你怎么——?"

"那个声音又出现了——先别说话——"

"……饿坏了……好久好久了……"

"听!"哈利急迫地说,罗恩和赫敏呆住了,注视着他。

"……杀人……是时候了……"

声音越来越弱了。哈利可以肯定它在移动——向上移动。他盯着漆黑的天花板,心里突然产生了一种既恐惧又兴奋的感觉;它怎么可能向上移动呢?难道它是一个幽灵,石头砌成的天花板根本挡不住它?

"走这边。"他喊道,撒腿跑了起来,跑上楼梯,跑进门厅。这里回荡着礼堂里万圣节宴会的欢声笑语,不太可能听见其他动静。哈利全速奔上大理石楼梯,来到二楼,罗恩和赫敏跌跌撞撞地跟在后面。

"哈利,我们在做什——"

"嘘!"

哈利竖起耳朵。远远地,从上面一层楼,那个声音又传来了,而且变得越发微弱:"……我闻到了血腥味……**我闻到了血腥味!**"

哈利的肚子猛地抽动起来。"它要杀人了!"他喊道,然后不顾罗恩和赫敏脸上困惑的表情，三步两步登上一层楼梯，一边在他沉重的脚步声中仔细倾听。

哈利飞奔着把三楼转了个遍，罗恩和赫敏气喘吁吁地跟在后面，三个人马不停蹄，直到转过一个墙角，来到一条空荡荡的过道里。

"哈利，这到底是怎么回事？"罗恩说，一边擦去脸上的汗珠，"我什么也听不见……"

赫敏突然倒抽了一口冷气，指着走廊的远处。

"看！"

在他们面前的墙上，有什么东西在闪闪发亮。他们慢慢走近，眯着眼在黑暗中仔细辨认。在两扇窗户之间涂抹着一英尺高的字，字迹在燃烧的火把的映照下闪着微光。

密室已经被打开，

与继承人为敌者，警惕。

"那是什么东西——挂在下面？"罗恩说，声音有些颤抖。

他们小心翼翼地靠近，哈利差点儿滑了一跤：地上有一大片水。罗恩和赫敏一把抓住他，三个人一点点地走近那条标语，眼睛死死盯着下面的一团黑影。他们同时看清了那是什么，吓得向后一跳，溅起一片水花。

第8章 忌辰晚会

是洛丽丝夫人，管理员的那只猫。它的尾巴挂在火把的支架上，身体僵硬得像块木板，眼睛睁得大大的，直勾勾地瞪着。

三个人一动不动地站着，足有好几秒钟，然后罗恩说道："我们赶快离开这里吧。"

"是不是应该想办法救——"哈利不很流利地说。

"听我说，"罗恩说，"我们可不想在这里被人发现。"

然而已经来不及了。一阵低沉的喧闹声，像远处的雷声一样，告诉他们宴会刚刚结束。从他们所处的走廊的两端，传来几百只脚踏上楼梯的声音，以及人们茶足饭饱后愉快的高声谈笑。接着，学生们就推推挤挤地从两端拥进了过道。

当前面的人看见那只倒挂的猫时，热热闹闹、叽叽喳喳的声音便一下子消失了。哈利、罗恩和赫敏孤零零地站在走廊中间，学生们突然安静下来，纷纷挤上前来看这可怕的一幕。

在这片寂静中，有人高声说话了。

"与继承人为敌者，警惕！下一个就是你们，泥巴种！"

是德拉科·马尔福。他已经挤到人群前面，冰冷的眼睛活泛了起来，平常毫无血色的脸涨得通红。他看着挂在那里的那只静止僵硬的猫，脸上露出了狞笑。

第9章

墙上的字

"这里出了什么事？出了什么事？"

费尔奇无疑是被马尔福的喊声吸引过来的，他用肩膀挤过人群。接着，他看见了洛丽丝夫人，跌跌撞撞地后退几步，惊恐地用手抓住自己的脸。

"我的猫！我的猫！洛丽丝夫人怎么了？"他尖叫道。

这时，他突起的眼睛看见了哈利。

"你们！"他尖声嚷道，"你们！你们杀死了我的猫！你们杀死了它！我要杀死你们！我要——"

"阿格斯！"

邓布利多赶到了现场，后面跟着许多其他老师。一眨眼的工夫，他就走过哈利、罗恩和赫敏身边，把洛丽丝夫人从火把支架上解了下来。

第9章 墙上的字

"跟我来吧，阿格斯。"他对费尔奇说，"还有你们，波特先生、韦斯莱先生、格兰杰小姐。"

洛哈特急煎煎地走上前来。

"我的办公室离这儿最近，校长——就在楼上——你们可以——"

"谢谢你，吉德罗。"邓布利多说。

沉默的人群向两边分开，让他们通过。洛哈特非常兴奋，一副神气活现的样子，匆匆跟在邓布利多身后；麦格教授和斯内普也跟了上来。

当他们走进洛哈特昏暗的办公室时，墙上突然起了一阵骚动。哈利看见几张照片上的洛哈特慌慌张张地躲了起来，他们的头发上还戴着卷发筒。这时，真正的洛哈特点燃桌上的蜡烛，退到后面。邓布利多把洛丽丝夫人放在光洁的桌面上，开始仔细检查。哈利、罗恩和赫敏紧张地交换了一下眼色，便坐到烛光照不到的几把椅子上，密切注视着。

邓布利多歪扭的长鼻子几乎碰到了洛丽丝夫人身上的毛。他透过半月形的眼镜片仔细端详着猫，修长的手指轻轻地这里戳戳，那里捅捅。麦格教授弯着腰，眯着眼睛看着，脸也差不多碰到了猫。斯内普站在他们后面，半个身子藏在阴影里，显得阴森森的。他脸上的表情十分古怪：就好像在拼命克制自己不要笑出来。洛哈特在他们周围徘徊，不停地出谋划策。

"肯定是一个魔咒害死了它——很可能是变形拷打咒。我多次看见别人使用这种咒语，真遗憾我当时不在场，我恰好知道那个解咒法，本来可以救它的……"

洛哈特的话被费尔奇无泪的伤心哭泣打断了。费尔奇瘫坐在桌旁的一把椅子里，用手捂着脸，不敢看洛丽丝夫人。哈利尽管不喜欢费尔奇，此刻也忍不住对他产生了一丝同情，不过他更同情的是他自己。如果邓布利多相信了费尔奇的话，他肯定会被开除。

这时，邓布利多低声念叨着一些奇怪的话，并用他的魔杖敲了敲洛丽丝夫人，然而没有反应：洛丽丝夫人还是僵硬地躺在那里，如同一个刚刚做好的标本。

"……我记得在瓦加杜古发生过十分类似的事情，"洛哈特说，"一系列的攻击事件，我的自传里有详细记载。当时，我给老百姓们提供了各种各样的护身符，一下子就解决了问题……"

他说话的时候，墙上那些洛哈特的照片纷纷点头，表示同意。其中一个忘记了取下头上的发网。

最后，邓布利多直起身来。

"它没有死，费尔奇。"他轻声说。

洛哈特正在数他共阻止了多少次谋杀事件，这时突然停住了。

"没有死？"费尔奇哽咽着说，从手指缝里看着洛丽丝夫人，"那它为什么全身——全身僵硬，像被冻住了一样？"

第9章 墙上的字

"它被石化了，"邓布利多说（"啊！我就是这样认为的！"洛哈特说），"但究竟是怎么回事，我不清楚……"

"问他！"费尔奇尖叫道，把斑斑驳驳、沾满泪痕的脸转向了哈利。

"二年级学生是不可能做到这一点的，"邓布利多坚决地说，"这需要最高深的黑魔法——"

"是他干的，是他干的！"费尔奇唾沫四溅地说，肥胖松垂的脸变成了紫红色，"你们看见了他在墙上写的字！他发现了——在我的办公室——他知道我是个——我是个——"费尔奇的脸可怕地抽搐着，"他知道我是个哑炮！"

"我根本没碰洛丽丝夫人！"哈利大声说，他不安地意识到大家都在看他，包括墙上所有的洛哈特，"我连哑炮是什么意思都不知道。"

"胡说！"费尔奇咆哮着说，"他看见了我那封快速念咒的函授信！"

"请允许我说一句，校长。"斯内普在阴影里说，哈利内心不祥的感觉更强烈了。他相信，斯内普说的话绝不会对自己有任何好处。

"也许，波特和他的朋友只是不该在那个时间出现在那个地方，"斯内普说，嘴唇扭动着露出一丝讥笑，仿佛他对此深表怀疑，"但我们确实遇到了一系列的疑点。他们究竟为什么要到上面的走廊去呢？他们为什么没有参加万圣节的宴会呢？"

哈利、罗恩和赫敏争先恐后地解释他们去参加了忌辰晚会："……来了几百个幽灵，他们可以证明我们在那儿——"

"可是在这之后呢，为什么不来参加宴会？"斯内普说，漆黑的眼睛在烛光里闪闪发亮，"为什么到上面的走廊去？"

罗恩和赫敏都看着哈利。

"因为—因为——"哈利说，他的心怦怦地狂跳着。他隐约觉得，如果他对他们说，他是被一个只有他自己能听见的游魂般的声音领到那里去的，这听上去肯定站不住脚。"因为我们累了，想早一点儿睡觉。"他说。

"不吃晚饭？"斯内普说，枯瘦的脸上闪过一个得意的笑容，"我认为，幽灵在晚会上提供的食物大概不太适合活人吧。"

"我们不饿。"罗恩大声说，同时他的肚子叽里咕噜地响了起来。

斯内普难看的笑容更明显了。

"我的意见是，校长，波特没有完全说实话。"他说，"我们或许应该取消他的一些特权，直到他把事情原原本本地告诉我们。我个人认为，最好让他离开格兰芬多魁地奇队，等态度老实了再说。"

"说实在的，西弗勒斯，"麦格教授厉声说，"我看没有理由不让这孩子打球。这只猫又不是被飞天扫帚打中了脑袋。而且没

第9章 墙上的字

有证据显示波特做了任何错事。"

邓布利多用探究的目光看了哈利一眼。哈利面对他炯炯发亮的蓝眼睛的凝视,觉得自己被看透了。

"只要没被证明有罪,就是无辜的,西弗勒斯。"他坚定地说。

斯内普显得十分恼怒。费尔奇也是一样。

"我的猫被石化了!"费尔奇尖叫着,眼球向外突起,"我希望看到有人受到一些惩罚!"

"我们可以治好它的,费尔奇。"邓布利多耐心地说,"斯普劳特教授最近弄到了一些曼德拉草。一旦它们长大成熟,我就会有一种药可以使洛丽丝夫人起死回生。"

"我来配制,"洛哈特插嘴说,"我配制肯定有一百次了,我可以一边做梦一边配制曼德拉草复活药剂——"

"请原谅,"斯内普冷冷地说,"我认为我才是这所学校的魔药课老师。"

一阵令人尴尬的沉默。

"你们可以走了。"邓布利多对哈利、罗恩和赫敏说。

他们尽量加快脚步,差点跑了起来。来到洛哈特办公室的楼上时,他们钻进一间空教室,轻轻地关上门。哈利眯起眼睛看着黑暗中两个朋友的脸。

"你们说,我是不是应该对他们说说我听见的那个声音?"

"别说,"罗恩不假思索地说,"听见别人听不见的声音,这不是一个好兆头，即使在魔法世界里也是这样。"

哈利从罗恩的声音里听出了一点儿什么，他问道："你是相信我的，是吗？"

"我当然相信，"罗恩很快地说，"可是……你必须承认这很离奇……"

"我知道这很离奇，"哈利说，"整个事件都很离奇。墙上的那些文字是怎么回事？密室已经被打开……这到底是什么意思呢？"

"噢，这倒使我想起了什么，"罗恩慢慢地说，"好像有一次什么人跟我说过霍格沃茨的密室……大概是比尔吧……"

"哑炮又是什么玩意儿？"哈利问。

使他吃惊的是，罗恩居然捂住嘴咯咯笑了起来。

"是这样——实际上并不可笑——但放在费尔奇身上……"他说，"哑炮是指一个人生在巫师家庭，却没有一点神奇的能力。哑炮和麻瓜出身的巫师正好相反，不过哑炮是很少见的。如果费尔奇想通过快速念咒函授课程来学习魔法，那他肯定是个哑炮。这就能说明很多问题了，比如他为什么那么仇恨学生，"罗恩露出一个得意的微笑，"他嫉妒啊。"

什么地方传来了钟声。

"十二点了，"哈利说，"我们赶紧上床睡觉吧，可别等斯内普又过来找我们的碴儿，诬陷我们。"

第9章 墙上的字

接连好几天,学生们不谈别的,整天议论洛丽丝夫人遭到攻击的事。费尔奇的表现使大家时时刻刻忘不了这件事:他经常在洛丽丝夫人遇害的地方踱来踱去,似乎以为攻击者还会再来。哈利看见他用"斯科尔夫人牌万能神奇去污剂"擦洗墙上的文字,但是白费力气;那些文字仍然那么明亮地在石墙上闪烁着。费尔奇如果不在犯罪现场巡逻,便瞪着两只红通通的眼睛,偷偷隐蔽在走廊里,然后突然扑向毫无防备的学生,千方百计找借口关他们禁闭,比如说他们"喘气声太大",或"嬉皮笑脸"。

金妮·韦斯莱似乎为洛丽丝夫人的遭遇感到非常不安。据罗恩说,她一向是非常喜欢猫的。

"可你并不真正了解洛丽丝夫人。"罗恩想使她振作起来,"说句实话,没有它我们更加自在。"

金妮的嘴唇开始颤抖。"这种事霍格沃茨不会经常发生的,"罗恩安慰她,"他们很快就会抓住那个肇事的疯子,把他从这里赶出去。我只希望他在被开除前,还来得及把费尔奇也给石化了。我只是开个玩笑……"罗恩看到金妮的脸唰地变白了,赶紧又说了一句。

攻击事件对赫敏也产生了影响。赫敏平常就花很多时间看书,现在则是除了看书几乎不干别的。哈利和罗恩问她在做什么,她也爱搭不理的,一直到第二个星期三,他们才揭开了这个谜底。

哈利在魔药课上被留了堂，斯内普叫他留下来擦去桌上的多毛虫。哈利匆匆吃过午饭，就上楼到图书馆来找罗恩。路上，他看见一起上草药课的赫奇帕奇男生贾斯廷·芬列里迎面走来。哈利正要张嘴打招呼，可是贾斯廷一看见他，却突然转身，往相反的方向逃走了。

哈利在图书馆后面找到了罗恩，他正在用尺子量他魔法史课的家庭作业。宾斯教授要求学生写一篇三英尺长的"中世纪欧洲巫师集会"的作文。

"我真没法相信，还差八英寸……"罗恩气愤地说，一松手，羊皮纸立刻又卷了起来，"赫敏写了四英尺七英寸，而且她的字还写得很小很小。"

"她在哪儿？"哈利一边问一边抓过卷尺，摊开自己的家庭作业。

"就在那儿，"罗恩指着那一排排书架说，"又在找书呢。她大概想在圣诞节之前读完所有的藏书。"

哈利告诉罗恩，刚才贾斯廷·芬列里一看见自己就跑。

"你在乎他做什么，我一直认为他有点呆头呆脑的，"罗恩一边说，一边潦潦草草地写作业，尽量把字写得很大，"尽说些废话，说洛哈特多么多么伟大——"

赫敏从书架间走了出来。她显得非常恼火，但是终于愿意跟他们说话了。

第9章 墙上的字

"所有的《霍格沃茨：一段校史》都被人借走了，"她说，在哈利和罗恩身边坐了下来，"登记要借的人已经排到两星期之后了。唉，真希望我没有把我的那本留在家里，可是箱子里装了洛哈特的那么多厚书，再也塞不下它了。"

"你为什么想看它？"哈利问。

"和别人想看它的理由一样，"赫敏说，"查一查关于密室的传说。"

"密室是什么？"哈利紧跟着问。

"问题就在这里，我记不清了，"赫敏咬着嘴唇，说道，"而且我在别处查不到这个故事——"

"赫敏，让我看看你的作文吧。"罗恩看了看手表，心急火燎地说。

"不，不行，"赫敏说，突然严肃起来，"你本来有十天时间，是完全来得及写完的。"

"我只差两英寸了，再……"

上课铃响了。罗恩和赫敏一路争吵着，朝魔法史课的课堂走去。

魔法史是他们课程表上最枯燥的课程。所有的老师中，只有教这门课的宾斯教授是一个幽灵。在他的课上，最令人兴奋的事情是他穿过黑板进入教室。他年纪非常老了，皮肉皱缩得很厉害，许多人都说他并没有注意到自己已经死了。他生前的最后一天站起来去上课，不小心把身体留在了教工休息室壁炉前的一把扶手椅上。从那以后，他每天的一切活动照旧，没有丝毫变化。

今天，课堂上仍旧和平常一样乏味。宾斯教授打开他的笔记，用干巴巴、低沉单调的声音念着，就像一台老掉牙的吸尘器，最后全班同学都昏昏沉沉，偶尔回过神来，抄下一个姓名或日期，然后又陷入半睡眠状态。宾斯教授说了半小时后，发生了一件以前从没发生过的事。赫敏把手举了起来。

宾斯教授正在非常枯燥地讲解一二八九年的国际巫师大会，他抬起头来，显得非常吃惊。

"你是——"

"我是格兰杰，教授。不知道您能不能告诉我们密室是怎么回事。"赫敏声音清亮地说。

迪安刚才一直张着嘴巴，呆呆地望着窗外，这时突然从恍惚状态中清醒过来；拉文德·布朗把脑袋从胳膊里抬起来，纳威的臂肘从桌上放了下去。

宾斯教授眨了眨眼睛。

"我这门课是魔法史，"他用那干巴巴、气喘吁吁的声音说，"我研究的是事实，格兰杰小姐，而不是神话和传说。"他清了清嗓子，发出轻轻一声像粉笔折断的声音，继续说道，"就在那年九月，一个由撒丁岛魔法师组成的专门小组——"

他结结巴巴地停了下来。赫敏又把手举在半空中挥动着。

第9章 墙上的字

"格兰特小姐?"

"我想请教一下,先生,传说都是有一定的事实基础的,不是吗?"

宾斯教授看着她,惊讶极了。哈利相信,宾斯教授不管是活着还是死后,都没有哪个学生这样打断过他。

"好吧,"宾斯教授慢吞吞地说,"是啊,我想,你可以这样说。"他使劲地看着赫敏,就好像他以前从没好好打量过一个学生,"可是,你所说的传说是一个非常耸人听闻,甚至滑稽可笑的故事……"

现在,全班同学都在全神贯注地听宾斯教授讲的每一个字了。他老眼昏花地看着他们,只见每一张脸都转向了他。哈利看得出来,大家表现出这样不同寻常的浓厚兴趣,实在使宾斯先生太为难了。

"哦,那么好吧,"他慢慢地说,"让我想想……密室……

"你们大家肯定都知道,霍格沃茨学校是一千多年前创办的——具体日期不太确定——创办者是当时最伟大的四个巫师。四个学院就是以他们的名字命名的:戈德里克·格兰芬多、赫尔加·赫奇帕奇、罗伊纳·拉文克劳和萨拉查·斯莱特林。他们共同建造了这座城堡,远离麻瓜们窥视的目光,因为在当时那个年代,老百姓们害怕魔法,巫师遭到了很多迫害。"

宾斯教授停顿下来,用模糊不清的视线环顾了一下教室,继续说道:"开头几年,几个创办者一起和谐地工作,四处寻找显露出魔法苗头的年轻人,把他们带到城堡里好好培养。可是,慢慢地他们就有了分歧。斯莱特林和其他人之间的裂痕越来越大。斯莱特林希望霍格沃茨招收学生时更挑剔一些。他认为魔法教育只应局限于纯巫师家庭。他不愿意接收麻瓜生的孩子,认为他们是靠不住的。过了一些日子,斯莱特林和格兰芬多因为这个问题发生了一场激烈的争吵,然后斯莱特林便离开了学校。"

宾斯教授又停顿了一下,噘起嘴唇,活像一只皱巴巴的老乌龟。

"可靠的历史资料就告诉我们这些,"他说,"但是,这些纯粹的事实却被关于密室的古怪传说掩盖了。那个故事说,斯莱特林在城堡里建了一个秘密的房间,其他创办者对此一无所知。

"根据这个传说的说法,斯莱特林封闭了密室,这样便没有人能够打开它,直到他真正的继承人来到学校。只有那个继承人能够开启密室,把里面的恐怖东西放出来,让它净化学校,清除所有不配学习魔法的人。"

故事讲完了,全班一片寂静,但不是平常宾斯教授课堂上的那种睡意昏沉的寂静。每个人都继续盯着他,希望他再讲下去。气氛令人不安,宾斯教授显得微微有些恼火。

"当然啦,整个这件事都是一派胡言,"他说,"学校里自然调查过到底有没有这样一间密室,调查了许多次,请的都是最有

第9章 墙上的字

学问的巫师。密室不存在。这只是一个传说，专门吓唬头脑简单的人。"

赫敏的手又举在了半空中。

"先生——您刚才说密室'里面的恐怖东西'，指的是什么？"

"人们认为是某种怪兽，只有斯莱特林的继承人才能控制它。"宾斯教授用他干涩的、细弱的声音说。

同学们交换了一下紧张的目光。

"告诉你们，那东西根本不存在。"宾斯教授笨手笨脚地整理着笔记，说道，"没有密室，也没有怪兽。"

"可是，先生，"西莫·斐尼甘说，"这密室既然只有斯莱特林的真正继承人才能打开，别人可能根本就发现不了，是不是？"

"胡说八道，奥弗莱①，"宾斯教授用恼火的腔调说，"既然这么多的历届校长都没有发现那东西——"

"可是，教授，"帕瓦蒂·佩蒂尔尖声说话了，"大概必须用黑魔法才能打开它——"

"一个巫师不使用黑魔法，并不意味着他不会使用，彭妮费瑟小姐②。"宾斯教授厉声说，"我再重复一遍，既然邓布利多那样的人——"

"说不定，必须和斯莱特林有关系的人才能打开，所以邓布

---

①② 宾斯教授糊里糊涂，把学生的名字全搞混了。

利多不能——"迪安·托马斯还没说完，宾斯先生就不耐烦了。

"够了，"他严厉地说，"这是一个传说！根本不存在！没有丝毫证据说明斯莱特林哪怕建造过一个秘密扫帚棚之类的东西。我真后悔告诉了你们这个荒唐的故事！如果你们愿意的话，让我们再回到历史，回到实实在在、可信、可靠的事实上来吧！"

不出五分钟，同学们又陷入了那种昏昏沉沉的睡意中。

"我早就知道萨拉查·斯莱特林是个变态的老疯子。"罗恩对哈利和赫敏说，"但我不知道是他想出了这套纯血统的鬼话。即使白给我钱，我也不进他的学院。说句实话，如果当初分院帽把我分进斯莱特林，我二话不说，直接就乘火车回家……"这时已经下课了，他们正费力地穿过拥挤的走廊，准备把书包放下吃午饭。

赫敏很热切地点头，可是哈利什么也没说。他的心突然很别扭地往下一沉。

哈利一直没有告诉罗恩和赫敏，当初分院帽曾非常认真地考虑过要把他分进斯莱特林。他清楚地记得一年前他把帽子戴到头上时，那个在他耳边说话的小声音，这一切就像发生在昨天一样。

"你会成大器的，你知道，在你一念之间，斯莱特林会帮助你走向辉煌，这毫无疑问……"

但是，哈利事先已经听说斯莱特林学院是培养黑巫师的，名

第9章 墙上的字

声不好,所以他不顾一切地在脑子里说:"不去斯莱特林!"于是那帽子说:"那好,既然你已经拿定主意……那就最好去格兰芬多吧……"

三个人被拥过来的人群挤到了一边,这时,科林·克里维从他们身边走过。

"你好,哈利!"

"你好,科林。"哈利随口答道。

"哈利——哈利——我们班上的一个男生最近一直说你是——"

然而科林的个头太小了,挡不住把他推向礼堂的人流。他们只听见他尖声叫了一句:"再见,哈利!"他就消失得无影无踪。

"他班上的那个男生说你什么呢?"赫敏不解地问。

"我想,大概说我是斯莱特林的继承人吧。"哈利说,他的心又往下沉了一点儿,因为他突然想起吃午饭时贾斯廷·芬列里匆忙逃避他的样子。

"这里的人什么都相信。"罗恩厌恶地说。

人群渐渐稀疏了,他们终于能够毫不费力地登上楼梯。

"你真的认为有密室吗?"罗恩问赫敏。

"我不知道,"赫敏说着,皱起了眉头,"邓布利多治不好洛丽丝夫人,这使我想到,攻击它的那个家伙恐怕不是——哦——不是人类。"

她说话的时候,他们正拐过一个墙角,发现来到了发生攻击事件的那道走廊的顶端。他们停下来查看,眼前的场景和那天夜里一样,不过那只被石化的猫不再挂在火把的支架上,而在写着"密室已经被打开"的那面墙上,靠着一把空椅子。

"费尔奇一直在这里守着。"罗恩小声说。

他们互相交换了一下眼色。走廊里没有人。

"我们不妨找找看。"哈利说着,扔掉书包,四肢着地,在地上爬行着寻找线索。

"烧焦的痕迹!"他说,"这里——还有这里——"

"快过来看看这个!"赫敏说,"真有趣……"

哈利爬起身,走向墙上那些文字旁边的窗户。赫敏指着最上面的那块玻璃,那里大约有二十只蜘蛛在慌慌张张地爬行,似乎急于从玻璃上的一道小缝钻出去。一根长长的银丝像绳索一样挂下来,看样子蜘蛛就是通过这根丝匆匆爬上来,打算逃向窗外的。

"你看见过蜘蛛这种样子吗?"赫敏纳闷地问。

"没有,"哈利说,"你呢,罗恩?罗恩?"

他扭过头来。罗恩远远地站在后面,似乎正强忍住想逃走的冲动。

"怎么啦?"哈利问。

"我——不喜——不喜欢——蜘蛛。"罗恩紧张地说。

"这我倒没听说过,"赫敏说,惊讶地看着罗恩,"你在魔药

第9章 墙上的字

课上那么多次使用蜘蛛……"

"死蜘蛛我不在乎,"罗恩说,小心地将目光避开那扇窗户,"我只是不喜欢蜘蛛爬的样子……"

赫敏咯咯地笑了。

"有什么好笑的,"罗恩恼怒地说,"要知道,我三岁的时候,弗雷德因为我弄坏了他的玩具扫帚,就把我的——我的玩具熊变成了一只丑陋的大蜘蛛。如果你有过我那样的经历,你也不会喜欢蜘蛛的;如果你正抱着你的玩具熊,突然它冒出了许多条腿来,而且……"

他打了个寒战,说不下去了。赫敏显然还在忍着笑。哈利觉得最好别谈这个话题了,就说:"还记得当时地上的那片水吗?是从哪儿来的?有人拖过地板。"

"大概就在这里,"罗恩说着,渐渐缓过劲来,几步走过费尔奇的椅子,指给他们看,"和这扇门平行。"

他伸手去抓黄铜球形把手,却突然缩回手来,好像被火烫了一下似的。

"怎么回事?"哈利问。

"不能进去,"罗恩很不高兴地说,"是女生盥洗室。"

"哦,罗恩,里面不会有人的。"赫敏说。她站直身子,走了过来。"这是哭泣的桃金娘的地盘。来吧,我们进去看看。"

她没有理睬那个写着故障的大牌子,推开了门。

这是哈利到过的最阴暗、最沉闷的地方。在一面污渍斑驳、裂了缝的大镜子下边，是一排表面已经剥落的石砌水池。地板上湿漉漉的，几根蜡烛头低低地在托架上燃烧，在地板上反射出昏暗的光。一个个单间的木门油漆剥落，布满划痕；有一扇门的铰链脱开了，摇摇晃晃地悬挂在那里。

赫敏用手捂着嘴，朝最里面的那个单间走去。到了门口，她说："喂，桃金娘，你好吗？"

哈利和罗恩也跟过去看。哭泣的桃金娘正在抽水马桶的水箱里飘浮着，揪着下巴上的一处地方。

"这是女生盥洗室，"她说，用怀疑的目光打量着罗恩和哈利，"他们不是女生。"

"是的，"赫敏表示赞同，"我想带他们来看看，这里——这里——是多么漂亮。"

她朝脏兮兮的旧镜子和潮湿的地板胡乱地挥了挥手。

"问她有没有看见什么。"哈利压低声音对赫敏说。

"你们在小声嘀咕什么？"桃金娘瞪着他们，问道。

"没什么，"哈利赶紧说，"我们想问问你——"

"我希望人们不要在背后议论我！"桃金娘带着哭腔说，"我也是有感情的，你们知道，尽管我是死了的。"

"桃金娘，没有人想惹你伤心，"赫敏说，"哈利只是——"

"没有人想惹我伤心？这真是一个大笑话！"桃金娘哭叫着

第9章 墙上的字

说,"我在这里的生活没有欢乐,只有悲伤,现在我死了,人们还不放过我!"

"我们只想问问你,最近有没有看见什么有趣的事情,"赫敏赶紧说,"因为在万圣节前夕,有一只猫就在你的大门外遭到了袭击。"

"那天夜里你在附近看见什么人没有?"哈利问。

"我没有注意,"桃金娘情绪夸张地说,"皮皮鬼那么厉害地折磨我,我跑到这里来想自杀。后来,当然啦,我想起来我已经——我已经——"

"已经死了。"罗恩帮她把话说完。

桃金娘悲痛地啜泣一声,升到空中,转了个身,头朝下栽进了抽水马桶,把水花溅到他们身上,然后就不见了。从那沉闷的抽泣声听来,她躲在了马桶U形弯道里的什么地方。

哈利和罗恩目瞪口呆地站着,赫敏懒洋洋地耸了耸肩膀,说:"说实在的,这在桃金娘来说算是愉快的了……好了,我们走吧。"

哈利刚刚关上门,掩住桃金娘汩汩的哭泣声,突然一个人的说话声把他们三个吓得跳了起来。

"**罗恩!**"

珀西·韦斯莱在楼梯口猛地停住脚步,级长的徽章在他胸前闪闪发亮,他脸上挂着一种极度惊讶的表情。

"那是女生盥洗室呀!"他喘着气说,"你们怎么——"

"只是随便看看,"罗恩耸了耸肩,"寻找线索,你知道……"珀西端起了架子,那模样一下子就使哈利想到了韦斯莱夫人。

"赶——快——离——开——"他说着就朝他们走来,并且张开臂膀,催促他们快走,"这成什么样子,你们不在乎吗?别人都在吃饭,你们却跑到这儿来……"

"为什么我们不能来这儿?"罗恩气呼呼地说,猛地停下脚步,瞪着珀西,"听着,我们没有对那只猫动一根手指头!"

"我对金妮也是这么说的,"珀西也毫不示弱,"但她似乎仍然认为你会被开除。我从没见过她这么难过,整天痛哭流涕。你应该为她想想,一年级学生都被这件事弄得心神不宁——"

"你根本不是关心金妮,"罗恩说,他的耳朵正在变红,"你只是担心我会破坏你当男生学生会主席的前途。"

"格兰芬多扣掉五分!"珀西用手指拨弄着级长的徽章,生硬地说,"我希望这能给你一个教训!不要再搞什么侦探活动了,不然我写信告诉妈妈!"

他迈着大步走开了,脖子后面跟罗恩的耳朵一样红。

那天晚上在公共休息室里,哈利、罗恩和赫敏尽量坐得远离珀西。罗恩的情绪仍然很糟糕,在做魔咒课作业时,总是把墨水洒在纸上。当他心不在焉地拿出魔杖,想清除那些污点时,不料却把羊皮纸点着了。罗恩气得心里也蹿起了火苗,啪地合上了《标

第9章 墙上的字

准咒语：二级》。令哈利吃惊的是，赫敏也用力把书合上了。

"可是，这会是谁呢？"她小声地说，似乎在继续他们刚才的对话，"谁希望把哑炮和麻瓜出身的人都赶出霍格沃茨呢？"

"我们来考虑一下，"罗恩装出一副感到费解的样子，说道，"据我们所知，谁认为麻瓜出身的人都是垃圾废物呢？"

他看着赫敏，赫敏也看着他，脸上是将信将疑的神情。

"如果你说的是马尔福——"

"当然是他！"罗恩说，"你听见他说的：'下一个就是你们，泥巴种！'其实，你只要看看他那张丑陋的老鼠脸，就知道是他——"

"马尔福是斯莱特林的继承人？"赫敏怀疑地说。

"看看他们那家人吧，"哈利也合上了书，"全家都在斯莱特林，他经常拿这个向人炫耀。他们很可能是斯莱特林的后代。他父亲就够邪恶的。"

"他们也许拿着密室的钥匙，拿了好几个世纪！"罗恩说，"一代代往下传，父亲传给儿子……"

"是啊，"赫敏谨慎地说，"我认为这是可能的……"

"我们怎么证明呢？"哈利悲观地说。

"也许有一个办法，"赫敏慢慢地说，匆匆扫了一眼房间那头的珀西，把声音放得更低了，"当然啦，做起来不太容易，而且危险，非常危险。我们大概要违反五十条校规。"

"再过一个月左右,等你愿意对我们说了,才会告诉我们,是吗?"罗恩不耐烦地说。

"好吧,现在告诉你们也无妨。"赫敏冷静地说,"我们需要做的事情就是进入斯莱特林的公共休息室,向马尔福提几个问题,同时不让他认出我们。"

"这是不可能的。"哈利说。罗恩笑出了声。

"不,有可能,"赫敏说,"只需要一些复方汤剂。"

"那是什么东西?"罗恩和哈利异口同声地问。

"几个星期前,斯内普在课堂上提到过——"

"在魔药课上,你除了听斯内普讲课,就没有别的更有趣的事情可做吗?"罗恩咕哝着。

"这种汤剂能把你变成另外一个人。想想吧!我们可以变成三个斯莱特林的学生。谁也不会知道是我们。马尔福可能会把一切都告诉我们的。眼下他大概就在斯莱特林的公共休息室里吹牛呢,只可惜我们听不见。"

"我觉得这种复方什么的东西有点儿悬,"罗恩说着,皱起了眉头,"如果我们变成了三个斯莱特林,永远变不回来了怎么办?"

"药效过一阵子就会消失的,"赫敏不耐烦地挥了挥手,说道,"可是很难弄到配方。斯内普说在一本名叫《强力药剂》的书里,它肯定在图书馆的禁书区内。"

要从禁书区内借书,只有一个办法:弄到一位老师亲笔签名

第9章 墙上的字

的批条。

"我们没有理由借那本书,"罗恩说,"因为我们都不会去调制那些药剂。"

"我认为,"赫敏说,"如果我们假装说对这套理论感兴趣,也许会有点希望……"

"哦,得了,老师们不会这样轻易上当的,"罗恩说,"除非他们笨到了极点……"

第10章

失控的游走球

自从发生了那次小精灵的灾难事件后,洛哈特教授就再也不把活物带进课堂了。现在,他把自己写的书大段大段地念给学生们听,有时候还把一些富有戏剧性的片段表演出来。他一般挑选哈利协助他重现当时的场景。到目前为止,哈利被迫扮演的角色有:一个被施了吐泡泡咒、经洛哈特治愈的纯朴的特兰西瓦尼亚村民;一个患了鼻伤风的喜马拉雅山雪人;还有一个吸血鬼,自从洛哈特跟它打过交道后,它就不吃别的,只吃莴苣了。

这一节黑魔法防御术课,哈利又被拖到了前面,这次是扮演一个狼人。哈利本来是不想合作的,但是有一个很重要的原因,必须让洛哈特保持心情愉快。

"叫得好,哈利——太像了——然后,信不信由你,我猛扑过去——就像这样——砰地把他摔倒——这样——我用一只手把

第10章 失控的游走球

他摁在地上——另一只手拿着魔杖,抵住他的喉咙——然后我缓了缓劲,用剩下来的力气施了非常复杂的恢复人形咒——他发出一声凄惨的呻吟——哈利,接着叫唤——再高一些——很好——他身上的毛消失了——大尖牙缩回去了——他重新变成了一个人。简单而有效——又有一个村子会永远记住我这位大英雄,我使他们摆脱了每月一次受狼人袭击的恐慌。"

下课铃响了,洛哈特站了起来。

"家庭作业:就我战胜沃加沃加狼人的事迹写一首诗!写得最好的将得到几本作者亲笔签名的《会魔法的我》!"

同学们开始离开。哈利回到教室后排,罗恩和赫敏正在那里等着。

"可以了吗?"哈利小声问。

"等大家都走了再说,"赫敏说,"行了……"

她朝洛哈特的讲台走去,手里紧紧攥着一张纸条,哈利和罗恩跟在她身后。

"哦——洛哈特教授?"赫敏结结巴巴地说,"我想——想从图书馆借这本书。希望从里面了解一些背景知识。"她举起那张纸条,手微微有些颤抖,"可是这本书在图书馆的禁书区内,所以我需要一位老师在纸条上签字——我相信,这本书会帮助我理解你在《与食尸鬼同游》里讲到的慢性发作的毒液……"

"啊,《与食尸鬼同游》!"洛哈特一边把纸条从赫敏手里接过去,一边对她露出很热情的笑容,"这大概算是我最满意的一本书了。你喜欢吗?"

"哦,喜欢,"赫敏热切地说,"你用滤茶器逮住了最后那个食尸鬼,真是太机智了……"

"啊,我相信,谁也不会反对我给全年级最优秀的学生一点儿额外的帮助。"洛哈特热情地说,抽出一支巨大的孔雀毛笔,"是啊,很漂亮,不是吗?"他误解了罗恩脸上厌恶的表情,"我一般只用它在书上签名。"

他在纸条上龙飞凤舞地签上一个大大的花体名字,又把纸条还给了赫敏。

"这么说,哈利,"当赫敏笨手笨脚地折起纸条、放进她的书包里时,洛哈特说道,"明天就是本赛季的第一场魁地奇比赛了吧?格兰芬多队对斯莱特林队,是吗?听说你是个很出色的球员。我当年也是找球手。他们要我竞选国家队,但我情愿把毕生的精力用于消灭黑魔势力。不过,如果你觉得需要开开小灶,尽管来找我。我总是乐意把自己的经验传授给能力还不太强的球员……"

哈利在喉咙里含混地咕哝一声,便匆匆跟着罗恩和赫敏离开了。

"我真不敢相信,"他们三个仔细研究纸条上的签名时,哈利说,"他根本没看我们想要的是什么书。"

"因为他是个没有脑子的蠢货。"罗恩说,"管他呢,反正我

第 10 章 失控的游走球

们想要的东西已经弄到手了。"

"他才不是没有脑子的蠢货。"他们小跑着去图书馆时,赫敏尖声说道。

"就因为他说你是全年级最优秀的学生……"

走进了沉闷安静的图书馆,他们不由得放低了声音。图书管理员平斯女士是个脾气暴躁的瘦女人,活像一只营养不良的兀鹫。

"《强力药剂》?"她怀疑地念了一遍,想从赫敏手里把纸条拿过去;但是赫敏不肯放手。

"不知道我能不能留着。"赫敏喘不过气来地说。

"哦,给她吧,"罗恩说着,从她紧攥着的手里一把夺过纸条,塞给了平斯女士,"我们还会给你再弄到一个亲笔签名的。凡是能保持一段时间不动的东西,洛哈特都会在上面签名的。"

平斯女士举起纸条,对着光线照了照,好像在检验是不是伪造的,结果它顺利通过了检验。她昂首阔步地从高高的书架间走过去,几分钟后就回来了,手里拿着一本好像发霉了的大厚书。赫敏小心地把书放进书包,并注意不要走得太快,显出心里有鬼的样子。

五分钟后,他们又一次躲进了哭泣的桃金娘失修的盥洗室里。赫敏驳回了罗恩的反对意见,指出只要头脑正常的人,都不会愿意到这里来,这样就能保证他们三个不会被人发现。哭泣的桃金娘在她的单间里放声大哭,他们不理她,她也不理他们。

赫敏小心翼翼地打开《强力药剂》，三个人都凑上前，看着那些布满水印的纸页。他们一眼就看出这本书为什么属于禁书区了。里面的有些药剂的效果可怕极了，简直令人不敢想象，书里还有一些让人看了感到很不舒服的插图：一个人似乎被从里到外翻了出来，还有一个女巫脑袋上冒出了许多双手臂。

"在这里。"赫敏激动地说，找到了标着复方汤剂的那一页。上面画着几个人正在变成另外的人。哈利真诚地希望，那些人脸上极度痛苦的神情是画家凭空想象出来的。

"这是我见过的最复杂的药剂。"他们浏览配方时，赫敏说，"草蛉虫、蚂蟥、流液草和两耳草，"她喃喃地念着，用手指一条条指着配料单，"这些都很容易弄到，学生的储藏柜里就有，我们可以自己去取。哎哟，瞧，还有研成粉末的双角兽的角——不知道上哪儿去找……一条非洲树蛇的蛇皮碎片——那也很难弄到——当然啦，还需要我们想变的那个人身上的一点儿东西。"

"对不起，"罗恩尖锐地说，"你这是什么意思？什么叫我们想变的那个人身上的一点儿东西？如果有克拉布的脚指甲在里面，我是绝不会喝的……"

赫敏好像没有听见他的话，继续说："我们现在还不用操这个心，那点儿东西最后才放进去呢……"

罗恩哑口无言地转向哈利，而哈利又产生了另一个疑虑。

"你知不知道我们到底要偷多少东西，赫敏？非洲树蛇的蛇

第10章 失控的游走球

皮碎片,那是学生储藏柜里绝对没有的。怎么办?闯进斯内普的私人储藏室?我不知道这是不是一个好主意……"

赫敏啪的一声把书合上。

"好吧,如果你们害怕了,想临阵脱逃,那也没什么。"她说。她的面颊上泛起两团鲜艳的红晕,眼睛比平日更加明亮。"你们知道,我是不想违反校规的。在我看来,威胁麻瓜出身的人比调配一种复杂的药剂恶劣得多。不过,如果你们不想弄清那是不是马尔福干的,我现在就去找平斯女士,把书还给她……"

"我从来没有想到,有一天居然会看到你劝说我们违反校规。"罗恩说,"好吧,说干就干。可是千万不要脚指甲,好吗?"

"这药水到底需要多长时间才能调制好?"哈利问。这时赫敏情绪有所好转,又把书打开了。

"是这样,流液草要在满月的那天采,草蛉虫要熬二十一天……我想,如果配料都能弄到的话,有一个月就差不多了。"

"一个月?"罗恩说,"等到那时,马尔福可能把学校里一半麻瓜出身的人都打倒了!"赫敏的眼睛眯了起来。眼看她又要发火,罗恩赶紧加了一句:"不过这是我们能想到的最好方案了,那就加紧行动吧。"

可是,当他们准备离开盥洗室、赫敏去看看四下里有没有人时,罗恩悄悄地对哈利说:"如果你明天把马尔福从他的飞天扫帚上撞下来,就能省去好多麻烦。"

星期六早晨，哈利很早就醒来了，之后又在床上躺了一会儿，想着即将到来的魁地奇比赛。他有些紧张，主要是想到如果格兰芬多队输了，伍德会说什么；同时他也想到，他们要面对的球队骑的是金钱能买到的速度最快的飞天扫帚。他从来没有像现在这样渴望打败斯莱特林队。他内心翻滚起伏，睁着眼睛躺了半个小时，然后起床穿好衣服，提早下楼吃早饭。到了礼堂，他发现格兰芬多队的其他队员都挤坐在空荡荡的长餐桌旁，一个个显得紧张不安，沉默寡言。

　　十一点渐渐临近了，全校师生开始前往魁地奇体育场。天气闷热潮湿，空中隐隐响着雷声。哈利走进更衣室时，罗恩和赫敏匆匆过来祝他好运。队员们穿上深红色的格兰芬多队袍，然后坐下来听伍德按照惯例给他们作赛前鼓舞士气的讲话。

　　"斯莱特林队的飞天扫帚比我们的好，"伍德说道，"这是不可否认的。但是我们飞天扫帚上的人比他们强。我们训练得比他们刻苦，在各种天气环境中都飞过——"（"说得太对了，"乔治·韦斯莱说，"从八月份起，我的衣服就没干过。"）"——我们要叫他们后悔让那个小恶棍马尔福花钱混进他们队里。"

　　伍德激动得胸脯起伏，他转向了哈利。

　　"就看你的了，哈利。要让他们看到，作为一名找球手，单靠一个有钱的爸爸是不够的。要么赶在马尔福之前抓住金色飞贼，

第 10 章 失控的游走球

要么死在赛场上,哈利,因为我们今天必须取胜,我们必须取胜。"

"所以别有压力,哈利。"弗雷德冲他眨眨眼睛,说道。

出来走向赛场时,迎接他们的是一片喧闹的声音。主要是欢呼喝彩声,因为拉文克劳和赫奇帕奇都希望看到斯莱特林被打败,但同时也能听见人群里斯莱特林们的嘘声和喝倒彩的声音。魁地奇课教师霍琦女士请弗林特和伍德握了握手;他们用威胁的目光互相瞪视,并且不必要地把对方的手攥得很紧很紧。

"听我的哨声,"霍琦女士说,"三——二——一——"

人群中喧声鼎沸,欢送他们起飞,十四名队员一起蹿上铅灰色的天空。哈利飞得比所有的队员都高,眯着眼睛环顾四周,寻找金色飞贼。

"你没事吧,疤头?"马尔福喊道,他箭一般地在哈利下边穿梭,似乎在炫耀他扫帚的速度。

哈利没有时间回答。就在这时,一只沉重的黑色游走球突然朝他飞来;他以毫厘之差勉强躲过,感觉到球飞过时拂动了他的头发。

"真悬,哈利!"乔治说。他手里拿着球棒,从哈利身边疾驰而过,准备把游走球击向斯莱特林队员。哈利看见乔治狠狠地把游走球击向德里安·普塞,但没想到游走球中途改变方向,又径直朝哈利飞来。

哈利赶紧下降躲避,乔治又把球重重地击向马尔福。然而,游走球像回转飞镖一样,再次掉转身来,直取哈利的脑袋。

哈利突然加速,嗖嗖地飞向赛场的另一端。他可以听见游走球在后面呼啸着追赶他。这是怎么回事?游走球从来没有这样集中在一个球员身上过,它向来热衷于让尽可能多的球员摔下来……

弗雷德·韦斯莱正在另一端等着游走球。哈利猛一低头,弗雷德用尽全身的力气对准游走球猛击一棒;游走球被击到了一边。

"这下好了!"弗雷德高兴地喊道。然而他错了,那只游走球好像被磁力吸引在哈利周围一样,又一次追着哈利飞来,哈利只好拼命加快速度逃走。

天开始下雨了;哈利感到大滴大滴的雨水打到他脸上,溅在他的眼镜上。他完全不了解赛场上的其他情况,直到听见解说员李·乔丹说:"斯莱特林队领先,六十比零。"

显然,斯莱特林队的超级飞天扫帚发挥了作用,同时那只疯狂的游走球竭尽全力要把哈利从空中撞下来。弗雷德和乔治现在紧贴着哈利左右飞行,这使哈利只能看见他们连续击打的手臂,根本没有希望寻找金色飞贼,更别说抓住它了。

"有人对——这只——游走球——做了手脚——"弗雷德一边咕哝着,一边用力把又向哈利发起新一轮进攻的游走球击飞。

"我们需要暂停。"乔治说,一边向伍德示意,一边还要阻止游走球撞断哈利的鼻子。

第10章 失控的游走球

伍德显然捕捉到了他的信号。霍琦女士的哨声响了,哈利、弗雷德和乔治一边降落到地面,同时仍然闪避着那只发了疯的游走球。

"怎么回事?"伍德问道,这时格兰芬多队的队员已聚拢在一起,人群中的斯莱特林队员发出阵阵嘲笑,"我们要输了。弗雷德,乔治,那只游走球阻止安吉利娜得分时,你们上哪儿去了?"

"我们在她上边二十英尺的地方,阻止另一只游走球害死哈利,奥利弗。"乔治气呼呼地说,"有人摆弄过那只球——它不肯放过哈利。在整个比赛过程中,它根本不去追别人。斯莱特林队一定对它做了手脚。"

"可是自从我们上次练习过之后,游走球就一直锁在霍琦女士的办公室里,那时候它们还都好好的……"伍德焦急地说。

霍琦女士正向他们走来。哈利的目光越过她的肩头,可以看见斯莱特林队的队员们讥笑着对他指指点点。

"听着,"哈利说,霍琦女士越走越近了,"你们俩一刻不停地围着我飞来飞去,我根本没有希望抓住金色飞贼,除非它自己钻到我的袖子里来。你们还是回到其他队员身边,让我自己去对付那只失控的球吧。"

"别犯傻了,"弗雷德说,"它会把你的脑袋撞掉的。"

伍德看看哈利,又看看韦斯莱孪生兄弟。

"奥利弗,这是不理智的,"艾丽娅·斯平内特生气地说,"你不能让哈利一个人对付那东西。我们请求调查吧——"

"如果我们现在停止，就会被剥夺比赛资格！"哈利说，"我们不能因为一只发疯的游走球而输给斯莱特林队！快点儿，奥利弗，叫他们别再管我了！"

"这都怪你，"乔治气愤地对伍德说，"'要么抓住金色飞贼，要么死在赛场上。'——你真昏了头了，对他说这种话！"

霍琦女士来到他们中间。

"可以继续比赛了吗？"她问伍德。

伍德看着哈利脸上坚决的神情。

"好吧，"他说，"弗雷德、乔治，你们都听见哈利的话了——别去管他，让他自己对付那只游走球。"

现在雨下得更大了。霍琦女士哨声吹响，哈利双脚一蹬，飞上天空。他听见脑后嗖嗖直响，知道那只游走球又追来了。哈利越升越高，忽而拐弯，忽而旋转，忽而急转直下，忽而盘旋而上，忽而又东绕西绕，走一条"之"字形路线。他微微有些眩晕，但仍然把眼睛睁得大大的。雨点噼噼啪啪地打在他的眼镜上，当他为了躲避游走球的又一次凶猛进攻、头朝下悬挂着时，雨水流进了他的鼻孔。他听见人群里传出一阵大笑，知道自己的样子肯定很愚蠢，但是那只失控的游走球很笨重，不能像他这样敏捷地改变方向。他开始围着赛场边缘像环滑车一样飞行，眯起眼睛，透过银白色的雨帘注视着格兰芬多队的球门柱，只见德里安正试图

第 10 章　失控的游走球

绕过伍德……

一阵呼啸声在耳边响过,哈利知道游走球又一次差点击中他;他掉转头,朝相反方向急速飞驰。

"是在练芭蕾舞吗,波特?"当哈利为躲避游走球而不得不在空中傻乎乎地旋转时,马尔福大声嚷道。哈利飞快地逃避,游走球在后面穷追不舍,离他只有几英尺。他回头憎恨地瞪着马尔福,就在这时,他看见了,看见了金色飞贼,就在马尔福左耳朵上方几英寸的地方盘旋——马尔福光顾着嘲笑哈利了,没有看见。

在那难熬的一瞬间,哈利悬在半空中,不敢加速朝马尔福冲去,生怕他会抬头看见金色飞贼。

梆!

他停顿的时间太长了一点儿。游走球终于击中了他,狠狠地撞向他的臂肘,哈利感到胳膊一下子断了。一阵灼烧般的疼痛,使他有些头晕目眩,在被雨水浇湿的飞天扫帚上滑向了一侧,一条腿的膝盖仍然钩住扫帚,右手毫无知觉地悬荡在身体旁边。游走球又朝他发起了第二次进攻,这次瞄准了他的脸。哈利猛地偏离原来的方向,只有一个念头牢牢地占据着他已经迟钝的头脑:冲向马尔福。

在朦胧的雨帘中,哈利忍着钻心的剧痛,冲向下边那张正在讥笑的发亮的脸。他看见那张脸上的眼睛惊恐地睁大了:马尔福以为哈利要来撞他。

"你干吗——"他一边喘着气,一边匆匆躲闪哈利。

哈利那只没有受伤的手松开扫帚,狠狠地伸出去一抓;他感到手指握住了冰冷的金色飞贼,但由于他现在只用两条腿夹住扫帚,便径直朝地面坠落下去,同时硬撑着不让自己昏厥。他听见下边的人群中传出一片惊呼。

砰的一声,水花四溅,哈利摔在泥泞里,从扫帚上滚落下来。他的手臂以一种十分奇怪的角度悬在那里。在一阵阵剧痛中,他听见了许多口哨声和叫喊声,仿佛是从很远的地方传来。他定睛一看,金色飞贼正牢牢地攥在他那只没有受伤的手里。

"啊哈,"他含糊不清地说,"我们赢了。"

然后,他便晕了过去。

他醒转过来时,仍然躺在赛场上,雨水哗哗地浇在他脸上,有人俯身看着他。他看见了一排闪闪发亮的牙齿。

"哦,不要,不要你。"他呻吟着说。

"不知道他在说什么。"洛哈特大声地对那些焦虑地聚在周围的格兰芬多的学生说,"不用担心,哈利。我正要给你治胳膊呢。"

"不!"哈利说,"就让它这样好了,谢谢你……"

他想坐起来,可是胳膊疼得太厉害了。他听见旁边传来熟悉的咔嚓声。

"我不要拍这样的照片,科林。"他大声说。

"躺好,哈利,"洛哈特安慰他说,"只是个简单的咒语,我

第10章 失控的游走球

用过无数次了。"

"我为什么不能直接去校医院?"哈利咬紧牙关,从牙缝里说。

"他真的应该去医院。"满身泥浆的伍德说,尽管他的找球手受了伤,他仍然抑制不住脸上的笑容,"你那一抓真是绝了,哈利,太精彩了,还没见你干得这么漂亮过。"

哈利透过周围密密麻麻的许多条腿,看见弗雷德和乔治·韦斯莱兄弟俩正拼命把那只失控的游走球按压进箱子里。游走球仍然在凶猛地挣扎。

"往后站。"洛哈特说着,卷起了他那翡翠绿的衣袖。

"别……不要……"哈利虚弱地说,可是洛哈特已经在旋转他的魔杖了。一秒钟后,他把魔杖对准了哈利的胳膊。

一种异样的、非常难受的感觉像闪电一样,从哈利的肩膀直达他的手指尖。就好像他的手臂正在被抽空。他不敢看是怎么回事,闭上了眼睛,把脸偏在一边。但是,当周围的人们纷纷倒吸着冷气、科林·克里维又开始忙着疯狂拍照时,他发现自己最担心的事变成了现实:他的胳膊不疼了——但是感觉也根本不像一条胳膊了。

"哈,"洛哈特说,"是啊,没错,有时也会发生这样的事。可是关键在于,骨头已经接上了。这一点要千万记住。好了,哈利,溜达着去医院吧——啊,韦斯莱先生、格兰杰小姐,你们能陪他去吗?——庞弗雷女士可以——哦——再给你修整一下。"

哈利站起身,感到身体很奇怪地歪向了一边。他深深地吸了一口气,低头朝他的右侧身体看去。眼前的景象使他差点再一次晕了过去。

从他袖管里伸出来的,活像一只厚厚的、肉色的橡皮手套。他试着活动手指,但没有反应。

洛哈特没有接好哈利的骨头。他把骨头都拿掉了。

庞弗雷女士很不高兴。

"你应该直接来找我!"她气呼呼地说,托起那个可怜巴巴、毫无生气的东西;就在半小时前,它还是一条活动自如的胳膊,"我一秒钟就能把骨头接好——可是要让它们重新长出来——"

"你也会的,是吗?"哈利十分迫切地问。

"我当然会,可是会很疼的。"庞弗雷女士板着脸说,扔给哈利一套睡衣,"你只好在这里过夜了……"

哈利病床周围的帘子拉上了,罗恩帮他换上睡衣,赫敏在外面等着。他们费了不少工夫,才把那只橡皮般的、没有骨头的胳膊塞进了袖子。

"你现在还怎么护着洛哈特,嗯,赫敏?"罗恩一边把哈利软绵绵的手指一个个地从袖口里拉出来,一边隔着帘子大声说道,"如果哈利想要把骨头拿掉,他自己会提出来的。"

"谁都会犯错误的嘛,"赫敏说,"而且现在胳膊不疼了,是吧,

第 10 章 失控的游走球

哈利?"

"不疼了,"哈利说,"可是它什么也做不成了。"

他一摆腿上了床,胳膊瘫软无力地摆动着。

赫敏和庞弗雷女士绕过帘子走来。庞弗雷女士手里拿着一个大瓶子,上面贴着生骨灵的标签。

"这一晚上比较难熬,"她说,倒出热气腾腾的一大杯,递给哈利,"长骨头是一件很难受的事。"

喝生骨灵就够难受的了。药水在哈利的嘴里燃烧着,又顺着喉管燃烧下去,哈利连连咳嗽,唾沫喷溅。庞弗雷女士退了出去,仍然不停地咂着嘴,埋怨这项运动太危险,老师们太无能。罗恩和赫敏留在病房里,喂哈利吞下了几口水。

"不过我们赢了,"罗恩说,脸上绽开了笑容,"多亏你抓住了金色飞贼。马尔福的那副表情……他看上去想杀人!"

"我真想知道他对那只游走球做了什么手脚。"赫敏生气地说。

"我们可以把这个问题也写在清单上,等喝了复方汤剂以后一起问他。"哈利说着,一头倒在枕头上,"我希望复方汤剂的味道比这玩意儿好……"

"如果里面放了斯莱特林的人身上的一点儿东西呢?你真会开玩笑。"罗恩说。

就在这时,病房的门突然开了,格兰芬多队的队员们来看哈利了。他们一个个满身泥泞,像落汤鸡一样。

"哈利，你飞得太棒了。"乔治说，"我刚才看见马库斯·弗林特冲马尔福大叫大嚷，说什么金色飞贼就在他的头顶上，他都看不见。马尔福看上去可不太高兴。"

队员们带来了蛋糕、糖果和几瓶南瓜汁。他们围在哈利床边，正要开一个很快乐的晚会，不料庞弗雷女士咆哮着冲了进来："这孩子需要休息，他有三十三块骨头要长呢！出去！**出去！**"

于是，病房里就剩下了哈利一个人，没有任何事情来分散他的注意力，只感到软绵绵的胳膊像刀割一般疼痛。

过了好长好长时间，哈利突然醒来了，四下里漆黑一片。他痛得小声叫唤起来：现在胳膊里好像有无数的大裂片。一开始，他以为是胳膊把他疼醒的，紧接着，他惊恐地意识到有人在黑暗中用海绵在擦拭他的额头。

"走开！"他大声说，随即，他认出来了，"多比！"

家养小精灵瞪着两只网球般的大眼睛，在黑暗中打量着哈利，一颗泪珠从他尖尖的长鼻子上滚落下来。

"哈利·波特回到了学校，"他悲哀地小声说，"多比几次三番地提醒哈利·波特。啊，先生，您为什么不听多比的警告呢？哈利·波特没有赶上火车，为什么不回家去呢？"

哈利从枕头上撑起身子，把多比的海绵推开。

"你在这里做什么？"他问，"你怎么知道我没有赶上火车？"

第10章 失控的游走球

多比的嘴唇颤抖了,哈利心头顿时起了怀疑。

"是你干的!"他慢慢地说,"是你封死了隔墙,不让我们过去!"

"正是这样,先生。"多比说着,拼命点头,两只大耳朵呼扇着,"多比躲在旁边,等候哈利·波特,然后封死了通道,事后多比不得不用熨斗烫自己的手——"他给哈利看他绑着绷带的十个长长的手指,"——可是多比不在乎,先生,多比以为哈利·波特这下子安全了,多比做梦也没有想到,哈利·波特居然走另一条路到了学校!"

他前后摇晃着身子,丑陋的大脑袋摆个不停。

"多比听说哈利·波特回到了霍格沃茨,真是大吃一惊,把主人的晚饭烧煳了!好厉害的一顿鞭打,多比以前还没有经历过,先生……"

哈利重重地跌回到枕头上。

"你差点害得我和罗恩被开除,"他暴躁地说,"你最好趁我骨头没长好赶紧躲开,多比,不然我会掐死你的。"

多比淡淡地一笑。

"多比已经习惯了死亡的威胁。多比在家里每天都能听到五次。"

他用身上穿的脏兮兮的枕套一角擤了擤鼻涕,那模样可怜巴巴的,哈利觉得心头的怒火不由自主地消退了。

"你为什么穿着那玩意儿,多比?"他好奇地问。

"这个吗,先生?"多比说着,扯了扯枕套,"这象征着家养小精灵的奴隶身份,先生。只有当多比的主人给他衣服穿时,多比才能获得自由。家里的人都很小心,连一双袜子也不交给多比,先生,因为那样的话,多比就自由了,就永远离开他们家了。"

多比擦了擦鼓凸的大眼睛,突然说道:"哈利·波特必须回家!多比原以为他的游走球肯定能使——"

"你的游走球?"哈利问,怒火又腾地蹿了起来,"你这是什么意思,你的游走球?是你让那只游走球来撞死我的?"

"不是撞死您,先生,绝对不是撞死您!"多比惊恐地说,"多比想挽救哈利·波特的生命!受了重伤被送回家,也比待在这儿强,先生。多比只希望哈利·波特稍微受一点儿伤,然后被打发回家!"

"哦,就是这些?"哈利气愤地问,"我猜你大概不会告诉我,你为什么希望我粉身碎骨地被送回家,是吗?"

"啊,但愿哈利·波特知道!"多比呻吟着,更多的眼泪滚落到他破破烂烂的枕套上,"但愿他知道,他对魔法世界里我们这些卑微的、受奴役的小人物意味着什么!多比没有忘记那个连名字都不能提的人势力最强大时的情形,先生!人们像对待害虫一样对待我们这些家养小精灵,先生!当然啦,他们现在仍然那样对待多比,先生。"他承认道,又在枕套上擦了擦脸,"可是总

第10章 失控的游走球

的来说,自从你战胜了那个连名字都不能提的人之后,我们这些人的生活已经大有改善。哈利·波特活了下来,黑魔头的法力被打破了,这是一个新的开端,先生。对于我们中间这些认为黑暗的日子永远不会完结的人来说,哈利·波特就像希望的灯塔一样闪耀,先生……现在,在霍格沃茨,可怕的事情就要发生,也许已经发生了,多比不能让哈利·波特留在这里,因为历史即将重演,密室又一次被打开——"

多比呆住了,神情惊恐万状,接着便从床头柜上抓起哈利的水罐,敲碎在自己的脑袋上,然后摇摇晃晃地消失了。一秒钟后,他又慢慢地爬到床上,两只眼珠对着,低声嘟哝着说:"坏多比,很坏很坏的多比……"

"这么说,确实有一个密室?"哈利小声问,"而且——你说它以前曾被打开过?告诉我,多比!"

小精灵多比的手又朝水罐伸去,哈利一把抓住他皮包骨头的手腕。"但我不是麻瓜出身的呀——密室怎么可能对我有危险呢?"

"啊,先生,别再问了,别再追问可怜的多比了。"小精灵结结巴巴地说,眼睛在黑暗中大得像铜铃,"这里有人在策划阴谋,在事情发生的时候,哈利·波特千万不能待在这里。回家吧,哈利·波特。回家。哈利·波特绝不能插手这件事,先生,太危险了——"

"那是谁，多比？"哈利说，同时牢牢地抓住多比的手腕，不让他再用水罐打自己的脑袋，"谁打开了密室？上次是谁打开的？"

"多比不能说，先生，多比不能说，多比绝对不能说！"小精灵尖叫着，"回家吧，哈利·波特，回家吧！"

"我哪儿也不去！"哈利烦躁地说，"我最好的一个朋友就是麻瓜出身的，如果密室真的被打开了，她是首当其冲——"

"哈利·波特愿为朋友冒生命危险！"多比既伤心又欢喜地呻吟着，"多么高贵！多么勇敢！但他必须保住自己，他必须，哈利·波特千万不能——"

多比突然僵住了，两只蝙蝠状的耳朵颤抖着。哈利也听见了。外面的过道里传来了脚步声。

"多比必须走了！"小精灵被吓坏了，喘着气说。一声很响的爆裂声，哈利的拳头突然一松，里面只剩下了空气。他跌回床上，眼睛看着漆黑的病房门口，脚步声越来越近了。

紧接着，邓布利多后退着进入了病房。他穿着一件长长的羊毛晨衣，戴着睡帽。他双手抬着一件雕塑般的东西的一端。一秒钟后，麦格教授也出现了，抬着那东西的脚。他们一起把它放到床上。

"去叫庞弗雷女士。"邓布利多小声说。麦格教授匆匆经过哈利的床头，走了出去。哈利一动不动地躺着，假装睡着了。他听

第10章 失控的游走球

见急切的说话声,接着麦格教授又飞快地走了进来,庞弗雷女士紧随其后,她在睡衣外面套了一件夹克。哈利听见了倒吸一口冷气的声音。

"怎么回事?"庞弗雷女士小声问邓布利多,一边俯身查看那尊雕像。

"又是一起攻击事件,"邓布利多说,"米勒娃在楼梯上发现了他。"

"他身边还有一串葡萄,"麦格教授说,"我们猜他是想溜到这里来看波特的。"

哈利的胃部狠狠抽搐了一下。他慢慢地、小心翼翼地把身体抬起了几英寸,这样便能看见那张床上的雕像了。一道月光洒在那张目瞪口呆的脸上。

是科林·克里维。他眼睛睁得大大的,双手伸在胸前,举着他的照相机。

"被石化了?"庞弗雷女士小声问。

"是的,"麦格教授说,"我想起来就不寒而栗……如果不是阿不思碰巧下楼来端热巧克力,谁知道会怎么样……"

三个人专注地看着科林。然后邓布利多倾身向前,从科林僵硬的手指间取下照相机。

"他会不会拍下了攻击者的照片?"麦格教授急切地问。

邓布利多没有回答。他撬开照相机的后盖。

"我的天哪！"庞弗雷女士惊呼道。

一股热气嘶嘶地从照相机里冒了出来。就连隔着三张床的哈利，也闻到了一股塑料燃烧的刺鼻气味。

"熔化了，"庞弗雷女士诧异地说，"居然全熔化了……"

"这意味着什么，阿不思？"麦格教授急切地追问。

"这意味着，"邓布利多说，"密室确实又被打开了。"

庞弗雷女士用手捂住嘴巴。麦格教授呆呆地看着邓布利多。

"可是阿不思……你想必知道……谁？"

"问题不是谁，"邓布利多目光停留在科林身上，说道，"问题是，怎样……"

哈利可以看到阴影中麦格教授脸上的神情，知道她像自己一样，没有听懂邓布利多的话。

WIZARDING WORLD